屋邨尋味記

增訂版

蕭欣浩 著

萬里機構

增訂版序

　　2021年，肺炎疫情肆虐，大家面戴口罩，避免社交活動。各人艱苦「搵食」，無心無暇尋味，擔心屋邨上榜，眨眼封區防疫，《屋邨尋味記》就在這樣的環境下誕生。現況不影響回憶，自己想要記錄的，文字輯錄成證據，讀者計算我的年歲，認識彼此成長的社區，著作面向大眾，大家的反應往往無法預計。

　　幾年光景，過得比想像中快，可能因為記憶沒有太多座標，《屋邨尋味記》變得更為重要，銘刻活着的痕跡更加明顯。疫情過後，得各方好友邀請，自己更多走進學校，講飲食、談文化。從文字到飲食，從知識到生活，師生共聚禮堂投票，在酥皮蛋撻和牛油皮蛋撻中選擇，誰多誰少，照樣凝聚出一片歡樂。學生如何食媽咪麵？引發一輪起哄，在座不少勇者和地獄廚神，勇於嘗試，笑着回應，發掘各人珍貴、有趣的飲食經歷。

　　自己帶同《屋邨尋味記》進入校園，希望鼓勵學生多閱讀、多寫作，不少老師朋友說，學生讀後作閱書報告，有些更參賽獲獎，我也替他們高興。更開心的是，學生在講座時積極回應、用心發問，有時三兩同學，「細聲講，大聲笑」，再舉手表態。看在眼裏，確切感受到大家對飲食的喜愛，還有對日常生活的嚮往。

《屋邨尋味記》能出增訂版，是意料之外的事，得再次感謝沿途陪伴的各位，讓我在變遷當中，感受到人與人連繫的溫暖。尤其是學生的主動交流，拍手、握手、簽名、合照，真心推薦餐廳，詢問奇怪問題，都是對我最大的鼓舞。《屋邨尋味記》獲第 19 屆「十本好讀」的兩個獎項，是對出版團隊的肯定。著作同時得各界的分享和推薦，我也心懷感激，自當繼續努力，感受世界，用文字記錄多彩的飲食與生活。

　　蝴蝶邨伴隨屯門不斷改變，歲月的輪子在轉，催逼我們成長，經驗累積成新的體會。《屋邨尋味記》引領我到各區學校，深入不同社區，發現屋邨仍有很多故事。街坊點頭微笑，攤販活躍叫賣，新舊店舖不絕，自己仍得四處尋味，為當下的精彩人生，描繪深刻的滋味印記。

蕭欣浩

2024 年 6 月 26 日
寫於九龍塘

我不是屋邨仔

前晚，收工，肚空空，提早一站下車，跑到附近屋邨的茶餐廳，吃碗粥才回家。進店前，合作地量度體溫，填報姓名電話日期時間，折騰一輪，剛坐定，蕭博（蕭欣浩博士）傳來一條神神秘秘、沒頭沒尾的短訊：「科慶，不好意思，想請教一下，你以前有沒有住公共屋邨？」我自小在新界長大，是個典型的圍村仔，不是屋邨仔，於是如實回答：「沒有。」

蕭博是香港獨一無二的大廚學者，左手拿鑊鏟右手執筆，飲食文學搞得有聲有色，兼顧甚多，除了教學、做研究，還營運工作室，籌辦文化活動，又不時上鏡做 KOL、客串電視節目，不知哪份是正職、哪份是副業？總之周身刀張張利。無緣無故問我有沒有住公共屋邨，倒不知他打甚麼鬼主意？

阿姨端來碎牛粥和油條，除下口罩，拿湯匙攪一下碗底那份碎牛肉，炸粉多牛肉少，膠碟上的油條剪開十段八段，稍為花時間逐段接駁，肯定沒完整的一條。沒辦法，舖租居高不下，食材成本上漲，抗疫期間座位減半，老闆整天喊生意難做，我們作為街坊食客，唯有體諒，共度時艱。

粥滾肉香，淺嚐一口，味道不錯，憶起蕭博的古怪問題，忍不住再發短訊給他：「搞甚麼？」細想一下，其實我勉強算是住過公共屋邨。小時候，長假期常到市區的親戚家裏玩幾日，親戚住在屋邨，地方淺窄，在客廳鋪塊蓆，幾個小孩滾來滾去就過一晚。

對於圍村仔，屋邨的奇特是四通八達，走進不同的入口，經過設計相同但位置不同的通道、走廊、樓梯，同樣到達目的地。我人生路不熟，每次出入都緊緊跟在表兄、表姊的背後，生怕迷路。

另外，落樓食宵夜是圍村小孩夢寐以求的樂趣，屋邨的「冬菇亭」就在樓下，外出吃東西毋須乘車搭船，也不必更換「去街衫」，睡衣拖鞋便可，非常方便。説到方便，「過河落單」就值得一讚，我們坐在「冬菇亭」的粥檔，可 order 鄰檔的牛腩米、凍檸樂、豉椒炒蜆、煎釀三寶。總之，「冬菇亭」食物多元多樣，款款我都愛吃，除了郊外油菜——一想到我山長水遠從郊外去到市區，吃同樣來自郊外的油菜，就覺不划算，奈何表兄、表姊總愛吃蠔油菜心，理由是家裏灼菜只放生抽。

身在「郊外」的茶餐廳，心在市區的「冬菇亭」，想想吃吃，把碎牛粥和油條吃光，打算結帳，收到蕭博的回覆，終於明白是甚麼一回事：「想邀請你幫我的新書《屋邨尋味記》寫序，但怕麻煩你，有住過可能順手寫兩句容易些。」

對，沒住過，的確不好寫，最近又忙着搬家，還是想個理由推卻……

梁科慶

2021 年 4 月

自序

　　蝴蝶邨，這三個字我讀幼稚園的時候已經識得唸，當然是家母教的，怕有日我「盪失路」，獨自一人也能夠清楚交代住處。家母常有先見之明，我確實有過與家人失散的經歷，讀初小的時候，跟親戚到屯門市中心，邊走邊看，回過頭來已經找不到要找的人。以前假日的屯門市中心，確實是人流如鯽，一家大細齊齊整整出動，拖男帶女，匯集人流的中庭嘈吵得像街市一樣。熟悉屯門市中心的朋友，心裏自然明白，商場大而且四通八達，加上幾個大小商場連接起來，幾十年來，不時有外來朋友說找不到出路，即使現在有手機地圖，仍有不少「路痴」朋友會被困結界，需要屯門人「騎牛」過來支援。

　　以前屯門市中心不時有小孩走失，聽到商場廣播就知道是哪位小朋友，匯合的地點通常是某層的服務台。聽到廣播，我有時會想，小朋友究竟是怎麼走失的呢？後來自己走失了，也無法給出明確的答案。家母時常帶我從屯門市中心出發，走路回去蝴蝶邨，「放電」也好，體驗世界也好，無形中令我學會認路，了解整個屯門社區。上橋落樓梯，過隧道看地標，長大後幾乎過目不忘的「人肉定位」，就是從小練習而成。找到回家的路，原來是一生的課題，幾歲時迷路，倒也不大害怕，依記憶就可以走到蝴蝶邨；家母在商場辦社區中心畫展，我直接找到她，順利到達終點。

我跟蝴蝶邨同年「面世」、一起成長，我出世不久，就搬入這初落成的公共屋邨，讀幼稚園時到「冬菇亭」食白粥，跟小學同學鬥快跑到零食店，與中學朋友一起到街市買腸粉、炸雞髀。三十多年過去了，腸粉、炸雞髀我仍舊喜愛，不過雙腳已經不太跑得動，同學、朋友也各有生活。屋邨的電梯大堂、垃圾站依舊未變，反而是商場、街市翻新不斷，管理公司每隔一斷時間，就強行說「舊嘅唔去新嘅唔嚟」的故事。

小時候在屋邨平台踩單車，到處跑；幾乎大半個屯門都留下我的兒時足跡。

家母曾為茶餐廳廚師，我自幼在她薰陶下，擁有很多同齡小朋友不知道的飲食知識。

塵封的往事確實如一本相冊，電腦每開一個新文檔，腦海自然會翻到某一頁，想起一些人事，重溫好些片段，就像穿越時光回到過去，坐在摺凳上説起自己的故事；原來屋邨裏的餐廳、舖頭、食物、味道、聲音，我依舊記得清楚。屋邨記憶中家母最常出現，因為我無時無刻都在她的照料和教導之中，現在回想起來，原來很多習慣是自小開始培養，道理在飲茶食包的時候灌輸，説出來像閒話一樣。我希望將這本書送給家母，表達我對她的敬意和感激，也讓她知道「阿仔細個做過啲乜嘢好事」。

要出版一本書並不容易，首先感謝萬里機構助理總經理梁卓倫先生，對我的飲食文章感興趣，跟我多番商量書的主題和細節，點出我創作上的盲點；還有一直襄助的工作團隊，在這裏一併道謝。有幸得著名作家、圖書館館長梁科慶博士幫忙，感謝梁博抽空提筆寫序，為本書着墨加持，增添重量級的前奏。負責全書插畫的林嘉妍小姐，最初跟她合作發佈圖文相配的網絡短文，很多網友喜歡她的畫作，這本書能夠跟她一同完成，是我第一次跟畫家的跨

界合作，感謝她的創作和信任。助手譚振美小姐緊急接下任務，協助全書的初步校對，在不少深夜凌晨，接到我趕寫的稿件，感謝她漏夜回覆，跟我一同奮鬥。當然還有在屋邨遇到的街坊、伙記、店家、同學、朋友等等，如果沒有你們，屋邨的生活怎會吵鬧不忘溫馨，八卦之餘互相照應，打交過後又「攬頭攬頸」。如果沒有你們，這本書必定會大大失色。

屋邨是很多香港人居住和成長的地方，充滿玩樂、悲傷、刺激、恐怖等各種回憶，我在書中提到的，主要是自己在蝴蝶邨和屯門區的經歷。即使所寫的未必跟大家的見聞相同，但人情事物構成的屋邨故事相信是大同小異的，歡迎各位跟隨記憶的導航，自行對號入座。

蝴蝶邨隨年月改變，我也不是以前跑跳搗亂、橫衝直撞的小朋友了。舖會「執笠」，人會忘記，我想籍由這本書，用文字記錄屋邨的點滴，我天真希望書寫的回憶不會成為絕響，不過可能人大了，很多時候會有「過去無法再追」的悲觀想法。記得有次我填寫自己的地址，負責申請的小姐說了句「個屋邨名咁得意嘅」，沒錯，蝴蝶邨跟其他屋邨都一樣「得意」，就如我和其他在屋邨長大的孩子一樣。

蕭欣浩

2021 年 4 月 12 日
寫於屯門

目錄

第一章 茶餐廳

第二章 大牌檔

第三章 街市

第一章

茶餐廳

「茶記」是臥虎藏龍的地方，奶茶沖拉是手藝，牛河拋炒是功夫，多士烘切是技術，直至現在我仍會偶然遇到，有些出品完全可以媲美酒店或貴價餐廳的水平，甚至更好。

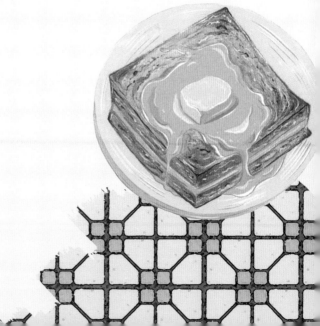

茶餐廳

　　茶餐廳能不能代表香港？「茶記」究竟從何而來？似乎跟我不太相關。第一次有記憶地行入樓下「茶記」，我還只是小學生，穿着短袖的恤衫西褲校服，連「茶餐廳」三個字都未必識寫。拖着家母穿過人群，穿過枱凳，仿似走入森林，舉頭望去，人來人往，感受過才知道，有地方比酒樓更加擠迫、嘈吵。爬上卡位，空間就突然變得個人，現在回想，也難怪舊時電影裏面的男女主角，都要揀卡位來坐，面對面，眼望眼，談談情，飲飲冰。我坐在卡位，咬着手上拿着的腿蛋治，三文治的大小其實沒有甚麼改變，只是當時手太細，要用雙手才能將方包和裏面的餡料通通拿穩。邊吃要邊移動手拿的位置，看到部分麵包和腿蛋被壓實，像擠疊的幾層泥膠，上面還有手指做成的凹痕，長大了才明白，飲食和做人一樣，也要懂得拿捏分寸。

是冰室也是西餐廳

　　不知去過多少次「茶記」之後，才慢慢發覺奶茶、蛋撻、三文治等滋味的背後，有很多歷史文化和人情故事，值得我們深入了解，一一記錄下來。家母曾當茶餐廳廚師，我很早就知道「絲襪奶茶」用的其實是「茶袋」，這些詞語我肯定比同齡小朋友早認識。

自己因愛好飲食，長大後踏上夢寐以求的廚師生涯；品嚐以外，多了煮食操作和食材摸索，嘗試從廚師的視野，看香港飲食業的發展。大學時閱讀也斯的著作，認識香港飲食文化的多樣性，鴛鴦如何由水鴨變成港人自創的飲品，展現香港獨有文化，最終成為文學創作上的一首新詩。看過煮過讀過，就想重新走入「茶記」，用同樣是本地的混雜身份，嘗試勾勒香港的飲食故事。

　　「茶記」遍佈大街小巷，不少跟隨新屋邨的落成，紮根不同社區好幾十年，陪伴幾代人成長。小時候速食文化依然盛行，三五同學相約就是吃薯條、漢堡，到「茶記」吃碟頭飯總覺得老土。我中學時開始醒覺，「茶記」是臥虎藏龍的地方，奶茶沖拉是手藝，牛河拋炒是功夫，多士烘切是技術；直至現在我仍會偶然遇到，有些出品完全可以媲美酒店或貴價餐廳的水平，甚至更好。我相信很多人都有相似的經驗，覺得這些才應該上美食書的推介，不過街坊有街坊的考慮，或者可以說是智慧，往往欲言又止，心中有數，因為「茶記」好東西，還是放在口袋比較實際。

　　「茶記」結合冰室和西餐廳的概念，將冰室標榜飲品的重點收納成「茶」，再將西餐廳的菜式、模式轉合成「餐廳」，變成平民化可「打躉」的地方，同時又有菜式、套餐可以叫，整合成多功能的食肆。「茶記」可以說是香港文化的代表，跟貼各地文化，將不同時期的潮流菜式，看準後吸收為己用，再依循香港「快靚正」的標準，改換成港式的做法、風格和口味。常說香港是文化融合的大都會，跟「茶記」「美食黑洞」的特點完全相同；「茶記」是在

歷史步伐下所衍生，由香港人開設、經營，結合靈活、多變的特色，尋找生存空間和自我定位。近年屋邨商場大肆翻新，不少傳統「茶記」因各自的問題而消失，改換成連鎖食肆；無論招牌掛着的是「茶餐廳」、「冰室」還是「冰廳」，甚麼都好，已經不是以前那種充滿人情、融入街坊、水準浮動的社區空間，換去的不單單是食肆，而是爬上卡位食腿蛋治的回憶。

◆ 蕭 ◆ 博 ◆ 士 ◆ 講 ◆ 多 ◆ 句 ◆

　　近年新開的「冰室」隨處可見，想要跟茶餐廳做區分。茶餐廳確實有段歷史，定位日常，融入生活，有時會被認為「老餅」。「冰室」主打懷舊和創新，大眾十分受落，很多時潮流勝過一切，連分辨味道的能力都會被蒙蔽。

細路飲奶茶

蛋撻	羅宋湯	公司三文治	西多士	檸樂	咖啡	奶茶

　　記得第一次飲奶茶，是跟家母到茶餐廳。伙記端上笨拙的瓦杯，家母提起瓦碟上的小鐵羹，盛上點點咖啡色的液體，吹涼了，送到我的嘴裏。我依稀記得當時家母説：「細路仔唔飲得咁多，等大個先再飲啦！」長大後就明白，因為奶茶有咖啡因，會影響小童的發展。我比同齡的小朋友早認識「咖啡因」，飲奶茶的起點也比別人早很多，幾年後高小的我，已經不時到餐廳點凍奶茶，因為覺得自己長大了，很懂事，已經是一位「小大人」。

　　「茶記」的港式奶茶明顯不是為小孩而設，最初的印象只是比咖啡好一點，因為咖啡太苦，更趨向是成年人的味道。港式奶茶以濃滑著名，相比台式奶茶、英式奶茶，茶味要濃烈很多，所以會用較濃稠的淡奶來抗衡，以強制強，取得濃與滑的極致平衡。不過「撞正」師傅心情不佳，或者一時「睇漏眼」，茶膽煮得太老，整壺茶可以説是無從挽救，最常見的解決辦法是照樣沖製，照樣出餐奉客；如果某日飲到失水準的奶茶，飲的就是師傅的冒失和心情。

一間茶記一條方

　　淡奶的運用，是味道的考慮，也是吻合「茶記」材料要容易存放的標準。用牛奶太淡，成本也高，加上紙盒不易存取——「茶記」往往用盡廚房、走廊、後巷不同位置存放東西，堆堆疊疊，稍一不慎，紙盒一穿，牽連太廣，所以還是罐裝的淡奶「穩陣」，可跌可壓，搬運、存放不用太多照顧。奶茶用的茶葉也有標準，茶奶比例、溫度時間、沖拉滾撞都是功夫，當中最具價值的要數到茶膽的秘方，一間「茶記」一條方，是水吧師傅的本錢，也是食客茶癮的來源，熟客奶茶一入口，就知道師傅今口有沒有放假。

做「茶記」的朋友談起，有些茶餐廳是靠一杯高質奶茶撐起整間舖的，難怪水吧師傅會被高薪挖角，坊間也舉辦種種奶茶比賽宣傳推廣，都在説明港式奶茶的重要地位。以前食肆的衛生未有管得太嚴，影相拍片的網絡媒體也未曾出現，不少加工工序就在茶餐廳外面毫無顧忌地進行。以前一些屋邨茶餐廳的後巷跟樓層的大堂相連，我落街踢波的時候，間中會看到水吧師傅撈茶葉的表演：師傅席地舖上一塊藍白大帆布，取出大中細不同鐵罐，倒出茶葉，左推右翻，搞勻裝好，調配出獨有黃金比例的色香味。公開炮製怕不怕導致秘方外洩？師傅毫不擔心，因為鐵罐沒上色、也沒標籤，裏面膠袋裝的是甚麼茶葉，師傅心裏有數，旁人偷師也偷不來。

屋邨「茶記」以街坊幫襯居多，有些熟客真的每日光臨「打躉」，飲茶食治，變成習慣，日復一日，建立出親厚的關係；奶茶多奶、少奶、凍飲、茶走，配各式餐點，已經成為伙記與食客之間的默契；一句「例牌」，心頭所好轉頭上枱，若非定點食、長時間食，是無法沉浸出這種關係的。屋邨「單頭」的茶餐廳，當熟客是家人，有時幾日未見，老闆、伙記會在閒聊間打聽，噓寒問暖，當然枱凳之間不乏八卦「花生」，但同樣也是地方人情。讀大學時有次刻意走到樓下商場，雖然翻新後變了很多，不少食肆也轉換成連鎖店，但一家開業多年的舊式茶餐廳依然健在，外觀和店面的改變不大。我坐下來，點了茶餐配茶走，味道還算不錯。老闆看上去年輕，應該是繼承父業的第二代，他與街坊有不少傾談，只是店內的氣氛已不及過去熱

鬧了。看到一位年老的熟客起身「埋單」，依舊「賒數」，想必是一直以來的習慣，大家仍保留這點跨越年代的信任關係，真是難得。

連鎖店的運作有固定模式，系統化不容許例外，從不考慮情感因素，來與不來是食客純粹的飲食決定，員工也怕觸及份外事。量產配方省卻人為的不穩定性，奶茶保持一貫能入口的水平，不多也不少。屋邨舊式「茶記」逐漸走進歷史，連帶樓下的帆布、賒數簿都要變成心中的回憶了。

◆◆◆ 蕭・博・士・講・多・句 ◆◆◆

以前小朋友很少飲奶茶，現時小學生已經排隊買珍珠奶茶，邊飲邊打卡，只能説時代改變了。「茶記」好飲的奶茶買少見少，即使每年舉辦沖奶茶比賽，迴響都不及手搖飲品店的開張。或者有日，「茶記」奶茶都會成為歷史。

咖啡趁熱飲

蛋 | 羅 | 公 | 西 | 檸 | 咖 | 奶
撻 | 宋 | 司 | 多 | 樂 | 啡 | 茶
　 | 湯 | 三 | 士
　 | 　 | 文
　 | 　 | 治

　　跟奶茶用的茶葉一樣，茶餐廳用的咖啡粉同樣有調配過，香的濃的，秘方你永遠不會知道，不過你可以飲得到。小時候經過樓層大堂，偶然也會看到水吧師傅在一塊藍白大帆布上撈着啡黑的粉末；如何分辨出不是茶葉呢？聞上去就一清二楚，縈繞整層的茶味和咖啡味，小學時常走上平台踢波的我，已經能夠分辨開來。

　　我比較多飲茶餐廳的咖啡，是在中學的時候；裝大人飲凍奶茶，飲上三五日，換個口味就是飲凍咖啡，注意是凍的，年輕時還是不喜歡熱飲，或者自己屬於中醫所説的「熱底」，現在也是飲凍飲居多，但年紀大了，逐漸認識到熱飲有自身獨特的風味。

熱飲才飲到真味

　　家母從小就灌輸飲食智慧，小時候每當我到「茶記」硬要叫凍飲，她常常拋下一句專業的説話：「飲熱飲先飲到真味。」我直至現在也無從反駁，在我看來，家母説的確是事實。以前飲凍咖啡追求多奶多甜，務求貼近某品牌的罐裝咖啡──這款咖啡十分溫和，適合小朋友飲用，應該歸入咖啡調味飲品，而不純粹是咖啡。中學放飯去的屋邨「茶記」，裏頭的凍咖啡就是走「青春」路線，因為午餐時段整場坐滿的大多是中學生，口味相應調整。這些凍咖啡不屬於細意調配的咖啡「真味」，反倒構成一種別開生面的「風味」。

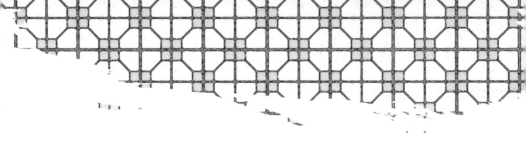

其實凍咖啡也有真味，不過比熱咖啡更難遇到，因為冰一融化，真味都變淡味；能夠確切品嚐到真味的，只有在咖啡落枱時快速攪拌後的一瞬間，一啖接一啖吸下去，就是凍、香、濃、滑。伙記配合當然十分要緊，有沒有立即奉上你的凍咖啡，是人為的關鍵，我只能說好飲的凍咖啡「可遇不可求」，即使是同一間「茶記」、同一位師傅沖製，人客多少、心情好壞、加料快慢都會影響成品，還未計這壺咖啡事前沖得好不好，淡奶有沒有變壞等因素。

我同意咖啡熱飲才能嚐到真味，咖啡當日煲好，沖出來味道自然最好，至少不會一陣「雪櫃味」。火喉和時間以外，「茶記」煲咖啡比煲茶膽有更多技巧，記得家母煮咖啡時，邊加入蛋殼邊說這是「茶記」的做法，後來才知道是用來中和咖啡的酸性，飲下去更順喉。實際操作上，水吧傅師有隱藏的秘技，蛋殼是烤過、搗碎，還是去蛋衣？大家都答得疑幻似真，還有聽說加入椰絲、提子乾或冧酒，各自煮出拿手的味道，食客當然樂於嘗試。

檸啡不是我杯啡

以前屋邨「茶記」就是有性格，咖啡、奶茶味道只此一家，是水吧師傅的舞台，同時陪伴屋邨的幾代人，不少爺爺、嫲嫲接完孫去食下午茶，嘆啡嘆茶，再叫件多士、蛋撻，小朋友穿着校服懵懵懂懂坐在旁邊，等待食物送入口，吃完又伸手要飲品。長輩用小匙羹盛着點點咖啡，吹涼後給孫兒嚐嚐，小朋友飲過後「瞇眼伸脷」，通常都不敢再要。無論是老闆、伙記或者街坊，剛好看到的都會笑

笑回應,當然工作中或在家裏的父母,永遠都不會知道這一幕,年幼的小朋友應該都不會記得。

　　街坊熟客每日幫襯,積累成各自的「例牌」,有時會聽到他們的隱藏餐單,咖啡也有好幾種相關變奏,多奶少奶已屬平常,紅豆冰轉咖啡底,我不知道需不需要加錢,至少餐牌上沒有列出。我在家裏試過這種配搭,味道着實不錯,也不太甜,可以説是「成年版」的紅豆冰,後來有些食肆已標明是特式飲品。「檸啡」在我的「茶記」飲食生涯中,只聽過一位叔叔點,印象中自己飲過一次,齋啡配檸檬是苦澀中有清新,不過真的「不是我杯啡」。

文・學・講・多・句

　　多以香港事物為寫作題目的舒巷城(1921-1999),曾於〈咖啡店〉一文提到,1970 年代到茶餐廳和冰室,仍然可以邊嘆咖啡,邊閱報紙,屬於大眾化的消閒活動,但現在的情況已經變得不一樣。舒巷城於文中表明,不喜歡高級、貴價的咖啡店,因為燈光太暗,不方便閱報。

延伸閱讀:舒巷城,〈咖啡店〉(收錄於《小點集》,2008 年)

飲杯大檸樂

蛋撻 | 羅宋湯 | 公司三文治 | 西多士 | **檸樂** | 咖啡 | 奶茶

在屋邨球場踢完波，飲杯汽水最舒爽；以前年輕身體好，多飲也不覺有問題，便利店當時還流行「自由斟」，無論是汽水還是思樂冰，一行人都是先斟半杯，飲兩口再斟，心理上總覺得賺了。要不就是去快餐店買杯「珍寶」杯裝可樂，重得要用雙手捧住，從來沒考究有幾多毫升，因為大家都渴得要命，一接過就幾個人輪住飲。

數到真真正正享受一杯可樂，就是在茶餐廳嘆下午茶的時候，不太飢餓、不太口渴、不趕時間，屋邨的「茶記」容許你慢慢嘆，因為街坊客有幾多，老闆心中有數；伙記施施然、慢慢做，讓身體、心神都稍為調息。在這樣悠閒的「茶記」氛圍之中，輕輕戳檸檬，用調羹攪勻一下，聽到氣泡炸出的聲音，冰塊清脆地碰撞，一吸一啜，二氧化碳稍為衝散口中的甜酸，再咬幾口餐蛋治，組成一個簡單、愜意的下午。

越來越多「茶記」轉用罐裝可樂，主要是慳地方、易存放，補貨也方便，出餐時一罐可樂配檸檬片「冰底」，

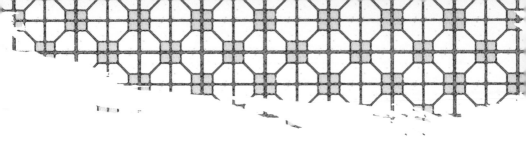

加插調羹飲管，其餘的就交給食客去完成。喜歡飲可樂的朋友，幾乎都不會錯過玻璃樽裝，因為汽多夠凍，可惜因為儲存和還樽的問題，不是太多「茶記」選擇採用；有些會貼出海報作招徠，只要看到我都會點來解解心癮。單飲細樽裝已覺意猶未盡，斟到杯裏變成檸樂更尷尬，因為一番功夫準備，沒幾口就飲完；「茶記」大多不會兼售大樽裝，要不多點一枝，要不就倒進旁邊那杯茶。

以前「茶記」的跟餐飲品，揀可樂不需要另外加錢，不過現在很多店家只供應罐裝、樽裝，通常都要補點差價，划不划算？就要看你當時飲可樂的慾望有多大。以前罐裝可樂還未大舉入侵，部分「茶記」會自設汽水機，看着水吧師傅剷冰斟可樂，從「吧頭」到面前，已經有不少樂趣。「機斟」的汽水成本比較低，以前跟餐未試過補錢，頂多「檸底」補一點點，覺得情有可原，不似現在凍飲加三蚊，可樂、檸樂又要再補錢，一直疊加上去。話說回來，可能這樣才合理；完全用者自付，再加店家的「賺頭」，看上去是變相加價，實情是我們佔了人家的便宜好幾十年！

感冒發作　嚟杯薑檸樂

速食潮流過去，頗佔位置的汽水機黯然退場，「方便」有時換去的是一代人的回憶，叫人警覺年代與文化的變遷。回想小學時飲檸樂，無論杯有多大都會叫做「大檸樂」，諧音跟粗口相若，從言語間得到似是而非的樂趣。忘記了哪間「茶記」，有加錢將飲品轉大杯的招數，「大檸樂」立即變得名副其實，飲落更加暢快，不過之後就再沒遇過了。

同樣不多見的還有熱檸樂和薑檸樂，有時「茶記」餐牌沒寫明，熟客會開口問伙記，或直接問水吧師傅，會不會弄熱檸樂和薑檸樂？年輕時坐在一旁吃着茶餐，聽得我頭頂冒出一堆問號，後來聽說兩款飲品都有舒緩感冒的功效；有效無效，中醫說是因體質而異，不過熱飲和薑都有散寒的作用，聞兩聞飲下去，對身心是有舒緩作用。近十年都沒聽過有人點熱檸樂和薑檸樂，或者「茶記」師傅覺得麻煩不再煲了，連鎖店就更加不用問。問與不問、煮或不煮，都牽涉模糊的人情地帶，大家本着人與人的連繫來交往，多走出一步，食物就萌生多一重意義。二十多年過去，我仍記得食客與水吧師傅的爽朗對答，好像是種男人間的了解；感冒初起飲杯薑檸樂就「搞掂」，食藥？不了，一點都不有型。

◆◆◆ 文 學 講 多 句 ◆◆◆

可樂飲太多易肥，容易影響身型，陳慧的小說《味道》裏面的主角莫甜甜，就是喜歡飲可樂、食甜品。體重易加難減，前男友因為身型關係，跟她分手；新結識的男生反而欣賞她的手藝，融入她的飲食生活，而這位男生叫張可樂。

延伸閱讀：陳慧，《味道 / 聲音》，1998 年。

西多知你心

　　西多士，香港人簡稱「西多」，全名是「法蘭西多士」，即 French Toast 的直譯，法文是 Pain Perdu，具有悠長的歷史。曾經有人跟我說，法國人都堅稱自己國家沒有「西多」；沒錯，因為「西多」是茶餐廳廚師吸收後，因地制宜的變種產物。法式的是沾牛奶、蛋漿和牛油煎，港式的則是沾蛋漿直接炸，因為我們就是要快。法式的會加糖漿、生果、果仁、糖霜，港式的也會加糖漿，不過花生醬已經夾在裏面（或者夾住的是空氣）。法式用的麵包較厚，而茶餐廳早年未流行「厚多士」，不會另外購入較厚的方包，但單片方包炸起來太薄，賣相不佳，估計因而調整作「好事成雙」，裏面夾些甚麼，還是要看「茶記」、價錢和廚師的心情。

說「西多」是香港名物，應該沒有人反對，「西多」的確是「茶記」「文化吞吐」下的產物，說明白點，就是吸收過後再轉化。製作快、出餐快，完全符合香港人的生活節奏；就連食物名都很「香港」，五個字太長了，簡化成三個字，三個字仍有緊縮的空間，最好換轉成港人用語最常見的兩個音節，「西多」就恰到好處了，清楚、快捷。所以法國這個崇尚慢活的地方，不會有「西多」，只會有慢工出細貨的 Pain Perdu，食材跟烹調步驟雖然類近，不過仔細看看，做法跟烹調節奏都有地域性的分別。

在方塊和糖漿間透視個性

我總覺得，從食「西多」的方法可以窺探人的內心，依食法分門別類，不難分得出若干類型，或者可以叫做「西多九型人格」。每人都有一套食法，見過屬於「粗魯型」的朋友，「西多」一上枱，「手起叉落」亂揆幾下，說是方便糖漿滲入麵包裏面；有朋友將置中的一塊牛油，完美地塗滿「西多」的表面，再落糖漿，再完美地塗滿角落，再切成等邊小方塊，然後慢慢享用，這種可歸類為「完美型」；有些比較「隨意」，「西多」順手切成大小不一的形狀，糖漿倒在一角，蘸或不蘸似乎沒有定數。當然還有其他類型，切、塗、蘸、倒，五花八門，留待大家自行補充。

自己動手整「西多」會配鮮牛油，鹹香味跟糖漿配合得更好；小時候在「茶記」好像零星有配鮮牛油的，長大以後都是沒生氣的「馬芝蓮」當道。其實牛油沒有鮮不鮮的分別，鮮者就是純牛油，不鮮者就是「馬芝蓮」，即是人造牛油。小時候聽過有人吹奏，說人造牛油比純牛油健康，於是膠盒接膠盒的買。家母是崇尚美味派，人造牛油試過一次後，從此在家中雪櫃絕跡，我們都覺得還是純牛油好。現代「反式脂肪」一出，誰更健康的局面很快被扭轉，不過飲食業並沒有跟從，餅乾、蛋糕仍有大量「馬芝蓮」，「茶記」依舊一罐罐入貨，主要是成本低，如果想食好一點，只能花錢叫「鮮油多」或「菠蘿油」了。

重要的綠葉：糖漿瓶

　　「茶記」的「西多」總是存在不穩定性，有時「馬芝蓮」放在中間，有時廚師索性揸在碟邊，「西多」燶不燶、油不油也難以預測，有時蛋漿蘸了太多去炸，碟裏還看到被炸脆的蛋漿絲，不過這些率性的煮法，現在已經越來越少見。裝糖漿的瓶還算保留住，當你點了「西多」，伙記轉眼就會放下一瓶糖漿，瓶身透明，把手橙色配銀色的開關設計，這是最經典的款式；糖漿一落枱，意味品味「西多」之旅正式開始。現在有些「茶記」貪方便，糖漿原樽奉上，連商標、連招紙，像極了現時流行的「植入式廣告」，破壞記憶中食「西多」的標誌性儀式。

蕭博士講多句

　　不少人判斷食材肥不肥，是因應食物的可「打卡」程度，「茶記」炸出來的西多屬於「肥」，落糖漿「真係肥到接受唔到」。文青食店的粒粒西多屬於「邪惡」，只需要「食完要做多啲運動」，所以「肥」是負面的，「邪惡」是正面的。

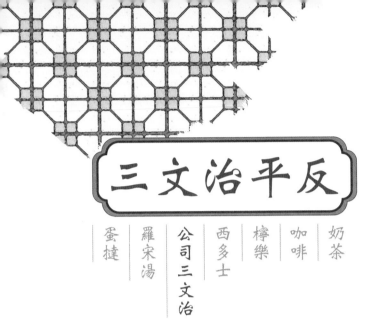

三文治平反

蛋撻　羅宋湯　公司三文治　西多士　檸樂　咖啡　奶茶

　　據説三文治是為貪玩橋牌的懶人發明，將兩片清爽的麵包，夾着容易沾手的餡料，邊食邊玩牌，簡單抹抹手，又可以盡情投入牌局。對於這説法，我沒有太多懷疑，因為懶是人的天性，世上很多發明都是源於人類太懶，要用創意和技術來改變；當然懶惰不一定能促成進步，但在「無心插柳」之下，能夠衍生出一種歷久常新的飲食種類，不好嗎？茶餐廳餐牌多設一個分項，飯、麵以外，胃口增添可能性，你還能説不好嗎？

伙記落單　師傅即整

　　我重申「茶記」的三文治真心好食，撇除那些粗製濫造、為求賺錢不顧品質的出品，普遍「茶記」的三文治是合乎標準的，有時還會超出預期的好食。伙記落單，師傅即整，「茶記」的「快」有時不見得好，但在三文治而言，

正因為「快」，就能縮短食材煎煮與牙齒咬下的時間，三
文治的美味程度大增。火腿、煎蛋熱得燙口，夾在軟綿的
方包中間，雖然部分是罐頭或醃製的食材，不過只要是熱
騰騰奉出，好吃的程度能從七十分起跳；比起那些入盒包
裝好的冷凍三文治，包硬肉乾，如果不是處於瀕死的趕時
間狀態，我是絕對不會染指的。

不要小看屋邨「茶記」，緊密相連的供應是新鮮的關鍵，有些「茶記」旁邊自設麵包舖，用多少拿多少，不用囤積，毋須散貨，無壓力、流傳快的情況下，食到新鮮麵包的機率自然提高。有些「茶記」不自製包點，但街坊老舖早有紮根的供應網絡，一呼百應，一通電話加上幾步路，方包就這樣來去兩條，食材運送的時間縮短，新鮮度維持在高水準，好吃的程度至少從八十分開始起跳了。若再加上現煮即煎，這樣的三文治會不好吃嗎？

用心去咬真情露

外來的三文治固然具有特色，但是否貼上外來標籤就可理所當然地厚此薄彼，忽視「茶記」用心製作的三文治呢？再三強調，我覺得這樣是不公道的。另一方面，現代人更多追求份量多、配搭新的食物，用於打卡、自拍，滿足展示個人的強烈慾望，三文治也不能倖免，被捲入潮流漩渦之中。美食可以嶄新，但嶄新的不一定是美食，當部分人捨本逐末，加上社交媒體的吹捧，香港飲食文化被帶到虛無的位置；食物並不應該以嘩眾取寵作為美味指標，沒有充實的內涵支撐，不斷追逐話題是十分危險的。

　　我在不同屋邨的尋常「茶記」，吃過不少好食的三文治，腿蛋、芝牛、公司隨你喜歡，烘底或不烘底，流露住一種平實的風味。伙記不會再三提示你用餐時間，只要小心三文治咬下去，不要燙到嘴唇，想想配奶茶還是咖啡，最後還是點了杯鴛鴦。沒有人理會你，你可以獨自享受融化的芝牛，或是濕潤的煎蛋，看看這家「茶記」的「公司治」是由甚麼食材組成。你也大可左手拿着三文治，右手提着杯耳，邊飲邊食，邊豎起耳朵，聽三行工人講「波經」、幾位街坊聊起「八卦」、老闆跟熟客談起世界大事，感受生活，細味日常的美好。

文·學·講·多·句

　　1952年侶倫（1911-1988）的小說《窮巷》提到三文治，有女角色用南乳、蔴油做餡，製作中式的平民三文治；有角色不明白三文治是甚麼，以為是「新聞紙」，小說借角色的對話解釋為「夾心麵包」，反映當時確實有人不太了解西式的食物。

延伸閱讀：侶倫，《窮巷》，1952年。

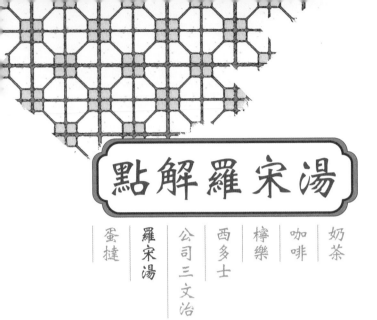

點解羅宋湯

每逢中午到茶餐廳點午餐，伙記接住就會問，「紅湯定白湯？」「中湯定西湯？」有些人不假思索就直説羅宋湯。羅宋湯是「茶記」的不滅湯品，估計有「茶記」一日都會有羅宋湯。我自小飲羅宋湯比較多，因為「茶記」的忌廉湯通常難飲，毫無味道；至於中湯比不上「阿媽靚湯」則是必然的事實。

融合俄國紅湯的啓示

自己真正投入飲食研究後，才開始探究羅宋湯存在的原因，羅宋湯原名為 Borscht，究竟源於俄羅斯還是烏克蘭，彼此還在爭論當中。Borscht 隨俄國移民流傳到上海，不少俄國餐廳豎立於霞飛路，形成上海濃厚的俄國飲食文化。經過上海洋涇濱英語的改換，Borscht 變成了 Russian soup，亦即是現在所叫的「羅宋湯」。戰後，大批上海人南來香港，帶來資金、文化、人才和潮流，連帶昔日上海的俄國菜也帶到香港；1950 年代開始，香港逐漸掀起俄國菜的潮流。

　　作家劉以鬯的小說《香港居》，記錄了 1950 年代的香港生活，當中就提到上海來港的夫妻，帶女兒到北角「溫莎餐廳」吃「飽許」的事。「飽許」就是 Borscht 的音譯詞，上海人或者能夠看懂，因為他們緊密接觸俄國文化，相反香港人接觸時已多叫「羅宋湯」。俄國飲食文化於香港的興衰，見證上海人的南來遷移和在地融入，同時為香港飲食文化的發展提供了養分，最為明顯的就是遺落在「茶記」的羅宋湯。

港式湯味勝在夠多元

　　「茶記」將羅宋湯收為己用，逐漸將單點的湯品，變成跟餐的例湯，收費不同，用料也有所調整。「茶記」的羅宋湯不會用紅菜頭，材料都是常用的菜蔬，因為方便又合乎成本效益；裏頭添加牛肉或豬肉，各家有自己的配方，或者主要看當日有甚麼材料用剩。有些會加辣椒、茄膏或茄汁，最誇張是添加辣椒油，看上去油亮，但只有一種分離的「死辣」；外國人來品嚐或者會「耍手扭頭」，説這羅宋湯不正宗，我們只能解釋這是港式的羅宋湯，它本來就不是追求正宗，或者可以總括地説，羅宋湯的不正宗，反而是合乎了「茶記」的正宗。

　　「茶記」將俄國飲食文化的偶然變成必然，當中經過香港人最擅長的「轉化」，將羅宋湯改換成適合「茶記」操作的模式，然後經歷幾代香港人的反覆測試，最終仍然屹立不倒，可以說是眾望所歸。我最喜歡「茶記」混雜的多樣性，雖然飲食出品都已經是港式做法，不過仍然感受到背後的文化脈絡，覺得複雜嗎？不複雜，我們在「茶記」常常都用味蕾去體驗，先飲俄國的羅宋湯，食中式的豆腐火腩飯，再嘆英國的奶茶，不夠飽的話，點一客法國的西多士，不知道在哪個國家的食肆，可以有這樣的配搭呢？

蕭·博·士·講·多·句

　　羅宋湯於「茶記」是跟餐送的，送的就不能要求太多，因為食客可以揀中湯、白湯，或者「唔要湯」。當然「送唔一定無好」，但有些「茶記」以羅宋湯作湯底，賣錢之餘，也不見得便宜，如果與跟餐奉送的水準一樣，就不太說得過去了。

戀上蛋撻揀層皮

你喜歡牛油皮還是酥皮蛋撻？這似乎是個永恆的問題，雙方都有死忠粉絲；牛油的香，起酥的鬆，各有各食法，或者引用時下流行的講法，只有小朋友才需要選擇，何不兩者都要，打和。牛油皮和酥皮實際上也並不對立，比起芫荽的喜好和厭惡，兩款蛋撻的並存空間要大很多，只是有時腸胃的容量有限，搭配的飲品已經佔了一定位置，迫不得已才要忍痛割捨。

酥皮牛油皮　邊款多粉絲

酥皮蛋撻來源於早期的廣州茶樓，茶樓為求吸客，競爭激烈，特設星期美點，用車輪轉的美食俘虜茶客胃口。有廚師想到引入西點作為奇招，用中式茶樓的方法整吉士撻──吉士餡改用中式燉蛋的配方，外皮用傳統的酥皮，依照西底的框架，做成中式的酥皮蛋撻，後來流傳到香港，成為茶餐廳和麵包舖的出品。

　　至於牛油皮蛋撻，源於「茶記」對英式糕點的模仿。以前酒店和西餐廳都自設餅房，專門製作糕點自用或出售，不少舊式「茶記」也會自製糕點，或乾脆在旁邊開麵包舖。「茶記」傳承英式糕點的歷史，再調整成港式的用料和做法，牛油皮就是其中的例子，用於各種撻和批。後來演變成港式的另一種蛋撻，跟酥皮的平分秋色，並肩成為香港「茶記」蛋撻的兩條路線。

蛋撻師傅的脫模技藝

　　屋邨舊式「茶記」或麵包舖的蛋撻水準普遍不差；若是沿用鐵模製作，要一個個蛋撻脫模的方式，烘烤的熱度保證足夠，牛油皮夠香，酥皮夠鬆，是信心的保證。我喜歡看師傅或店員脫模的手勢，可歸納為一種民間技藝；印象最深是師傅用方包的整塊皮來當護墊，將蛋撻反扣在麵包皮上，鬆去鐵模，套入紙托；起和合，一橫一直，純熟得如自然反應。

　　蛋撻剛出爐是最好的覓食時機，點好來到枱上，等一等，先聞蛋撻香，依各人口腔耐熱的程度，自行計算等待時間。無論是牛油皮還是酥皮，我習慣等外皮稍為降溫，收縮後變得堅實，才拿上手一啖咬下，這時候不會太燙，而且我已經練成邊吃邊吹的技巧，蛋餡的溫熱只剩下美味，不太能傷害我。還記得以前糕點出爐，「茶記」的伙記都會大叫提示，一聲「蛋撻出爐」，喜歡嘗鮮的就會舉手示意，有些人明明已經吃飽，餐碟都已經收走，還是會抵不住，多吞一件蛋撻。

　　現在新式「茶記」往往少了一份人情和激情，斯文背後說穿了就是一重冷漠；蛋撻和奶茶需要溫度，人與人之間同樣需要。我尤其不喜歡連鎖店的蛋撻，撻皮要不是淡黃色，就是貼近白色，不香不鬆不脆，貼伏在錫紙模裏，搓做、焗製、售賣都是同一個模；又因為怕燒焦錫紙模，所有火力不會太大，溫度不夠，風味不足。溫和的烤焗只足夠讓蛋撻成形，系統化的製作只是標準化的倒模，我知道有人追求安全的穩妥，但美味只會出現於極致的顛峰。

◆◆ 蕭·博·士·講·多·句 ◆◆

　　現在流行說「細路哥先要揀」，用在飲食上我是十分認同的。曲奇皮跟酥皮，要強行二揀一，我會揀曲奇皮，因為比較穩陣，大致不會有太大差錯。不過人大了，有時少吃一餐，就不用在撻皮上做選擇，因為人生要選擇的事實在太多了。

第二章

大牌檔

早期的「大牌檔」大致分成
四類：粥品、小炒、粉麵、西茶，
後來與屋邨相連的「冬菇亭」常
見這些食肆，當然也會有飲中
茶、食點心的檔口。這些年「冬
菇亭」被銳意改造，變成密封的
店舖，看不到街坊出入，聽不到
風吹樹梢的聲音……

大牌檔

　　往時屋邨樓下總有商場和「冬菇亭」，用來滿足街坊的生活需要；飲食當然是重要一環，到麵包舖買方包做三文治，去雜貨舖照雞蛋，上茶樓食蝦餃燒賣，落大牌檔可以解決一日三餐。以前屋邨的設計以實用、方便為主，街坊一落樓就「要乜有乜」，不假外求，名副其實是現在所講的「貼地」，即使幾十年過去，帶着歷史穿梭舊式屋邨，依舊能感受到設計師以人為本的心思。

有一種美味叫冬菇亭

「冬菇亭」是熟食亭的別名，它的頂部較闊，築成疏水的傘形，避免下方較窄的店面滴水。基本的設計是合理的，不過後來枱凳都擺到店舖外面，遮風擋雨就要靠店家拉起的綠色防水布；繩要如何拉扯才能架起雨篷？要另外豎立鐵枝，還是要綁到毗鄰大廈四樓的圍欄上面？店家自有一套方法。小時候到大牌檔，無論是大雨淋漓或大雨過後，都會看到伙記手執雨傘，不是用來遮雨，而是用來揬（音：篤）向防水布因積水而凹陷的地方，讓雨水斜向一邊傾盆而下，免得積水過重拉垮雨篷；以前坐着看這一幕，不免覺得精彩，當成了助興的即席表演。

到大牌檔覓食比較隨心，有時心裏目標清晰，勇往直前；當然也有三心兩意的時候，圍着「冬菇亭」逛一圈，隨手拿起枱上的餐牌看看，再慢慢考慮。千思萬想過後沒「心水」的情況不時出現，但絲毫不用介懷，「冬菇亭」可以想像成屋邨的「美食廣場」，「行過睇過，可以錯過」，一日未落單仍有選擇的餘地。大牌檔融入屋邨當中，街坊經常穿梭往來，飲食時置身開放式的環境，自有一番樸實的風味。食麵時看着同學經過，洗碗倒水的一刻碰到鄰居，凍檸茶落錯隔籬枱，買餸、放學、遊玩、返工，進食的同時也看着生命的流動。

「大牌檔」才是正寫

　　大牌檔最先是用「牌」字，即領取牌照經營的檔口；早期「大牌」指地點固定的攤檔，相反「細牌」是地點浮動的。固定食店歸入「大牌」一類，但早期面積僅有一個限定大小的檔位。最初領牌開檔是重要的，牌照要放在當眼處以資識別，「大牌檔」的名聲就這樣漸漸形成。後來「牌」的內涵改變了，「大牌」指餐廳牌照，「細牌」指小食牌照，但對食客來說，哪一種「牌」根本就沒所謂。再後來，「牌」寫成同音的「排」，也不是全沒道理，因為食肆的牌照已經不「大」，也貼得不太當眼，街坊更易看見的是排出來的枱凳，有些大牌檔連開十幾二十席，「大排」的字義就更貼合環境了。

　　早期街邊的大牌檔大致分成四類：粥品、小炒、粉麵、西茶（類近茶餐廳），後來與屋邨相連的「冬菇亭」常見這些食肆，當然也會有飲中茶、食點心的檔口。這些年「冬菇亭」被銳意改造，變成密封的店舖，看不到街坊出入，聽不到風吹樹梢的聲音，經過也不會多望一眼。有趣的人和事消失了，「冬菇亭」不再是交流、感受的地方，剩下只有飲食和消費的商業目的。「冬菇亭」自始至終都是一個飲食的地方，不是興建來讓大家緬懷，後來我們追尋，我們不捨，是因為我們對成長環境有一份深厚感情，而曾經開放、貼地、熱鬧、歡聚的「大牌檔」，為我們帶來足以回味一生的時光。

◆◆ 蕭·博·士·講·多·句 ◆◆

以前大牌檔枱凳擺滿行人路的光景，現時已經所剩無幾，在一些舊區仍然可見，或者要到街市樓上的熟食中心，不過是另一種感覺。這種街邊飲食文化其實很多外國地方都有，並且作為對外宣傳或街巷覓食的賣點，反觀香港連街坊的食堂也要拆。

拯拯碎牛粥

　　粥檔的粥品種類繁多，魚肉蛋菜一應俱全，組成單雙雜錦的選擇；食得仔細的朋友，早就曉得專攻特定部位，齒咬粉腸，吸啜魚骹，一枱兩粥，可以各走極端。小時候到粥檔食粥，選擇比較局限，因為識字不多，搶來餐牌反覆看過兩面，其實沒有太多字看得懂，純粹只是看到餐牌就好奇，懂不懂都要看幾眼。拿着餐牌，選擇最終依靠家母的口述，可以揀的只剩下幾款：皮蛋瘦肉粥、艇仔粥、碎牛粥和白粥，當中以碎牛粥最得我心，即使長大後眼見云云「粥海」，碎牛粥仍不失它的地位。

要點屋企煲唔到的

　　以前外出用餐的機會不多，可以換衫着鞋行去大牌檔食粥，已當成是重點活動；從等較落樓，經過街市、噴水池，沿路連跑帶跳，充滿期待。跑到「冬菇亭」找張四人枱，坐上摺凳，投入粥品的抉擇時刻。於挑選的範圍當中，白粥一定不會被忽視，有時家母叮囑要清清腸胃，白粥上灑點鹽，吃過後暖胃清爽。後來試過不同種類的粥，發覺白粥跟油器的配搭最好，白粥去除油膩的感覺，也不會混雜配料的味道，一乾一濕，一脆一綿，簡單而傳統。不過說到底，白粥的點選機會多少會被家母刻意壓低，記得她心念一轉時就會說：「都係揀其他啦，白粥自己都煲到。」

家母會煲的還有皮蛋瘦肉粥，這款粥歸入「屋企會煲」的類別，另一類自然是「屋企唔會煲」。皮蛋瘦肉粥走的是日常路線，材料易買，煮法隨意。相比起菜乾豬骨粥，大多要等親戚送來菜乾，或到大時大節，買燒肉搭大骨，才能煲成惹味粥品。談到日常，永遠都是家中的最好，家母煲皮蛋瘦肉粥，用松花皮蛋，剝殼後看到雪花紋路在表面延伸，家母說是精品的特徵，後來也成了我鑑別皮蛋的標準。家裏煲粥用的是肉片，跟粥檔用的肉絲不同；粥煮好再放入醃製過的肉片滾熟，火喉得當，滑而不老，是坊間不能相比的。

艇仔粥就是「屋企唔會煲」的一類，因為用了水魷、豬皮、碎牛、花生幾種材料，多買回家就要存放，買太少也不好意思，乾脆到粥檔食。我對艇仔粥沒有特別偏好，覺得味道太清，水魷、豬皮泡水太久，沒甚麼味道，兩者最吸引的時候還是用咖喱汁煮。花生與粥底構成脆和綿的對比，不過吃下去，始終有種「後落」配料的感覺。碎牛算是當中最有味的，不過如果貪求肉味，倒不如正式點一碗碎牛粥。

碎牛也有一番學問

碎牛粥的製作和食用也內藏一些學問。免治牛肉醃過，要加入炸米粉備用；米粉炸過後膨脹，牛肉黏附上去，看起來會比較多，算是控制成本的「掩眼法」。粥跟牛肉混和時，炸米粉還有重要的作用。碗裏加入碎牛，再將熱粥撞入，加葱花後直接上枱；碎牛當下仍然未熟，家母多次叮囑不可即時食用，要用匙羹將碎牛推到最底，再隨意搲

幾下，將碎牛搓散。炸米粉佔去部分牛肉相連的空間，降低了牛肉黏附的特性，牛肉接觸到粥後，加上匙羹的「肆意破壞」，更容易分散成「碎」；牛肉與粥的接觸面增加，熱力更快令牛肉變熟，才能於碎牛接觸到熱粥的一刻開始，經由食客的動作，逐步完成煮食和融合的程序，變成名副其實的「碎牛粥」。味道以外，愛食碎牛粥，或者就是喜歡這份投入感，粥品在你的參與下完成，感覺與你的身心最為貼近。

文・學・講・多・句

　　天時暑熱，胃口不好，攤涼的粥，解渴充飢，反而可以飲上幾碗。台灣作家陳雪（1970-　　）的〈工人中午一碗粥〉講到，作者為朋友煮粥，簡單準備鹹蛋、腐乳，外加白焓蕃薯葉一碟，已經是工人朋友夏天最好的午餐。

延伸閱讀：陳雪，〈工人中午一碗粥〉（收錄於《台妹時光》，2013 年）

嚛孖油炸鬼

以前到粥檔食粥，油炸鬼可以説是必點食物。小時候外出食粥機會不多，去到粥檔不順便食油炸鬼，有點「去黃大仙唔求籤」的感覺，可惜呀！難得假日整家人一大早就走向粥檔，出動了、坐下來、點好粥，不來一條油炸鬼就是有所欠缺，混身不舒服；反正不常來就不常吃，苦苦哀求幾句，最後都會成功。我看其他同輩朋友都會用相似的手段，不過多是發生在玩具店門口，而我就用在粥檔的油炸鬼上，奇怪嗎？食比較重要，不是嗎？

隔着膠袋拎　手感很奇怪

油炸鬼跟粥搭配上場，所以粥檔定會食到；家中偶然也會出現，代表家母的白粥已經煲好。油炸鬼「入屋」有啟動的條件，就是「白粥」；皮蛋瘦肉粥已經有料有味，不符合要求，其他種類的粥當然也不能打開識別系統。家母早上買菜煮飯，有時會順道買油炸鬼，一覺醒來，聞到看到，精神為之一振。

　　油炸鬼另一種「入屋」途徑，是家母在忙家中事務，囑咐我起床去買。當時油炸鬼只是三兩元，拿張十元紙幣已經足夠有餘。錢袋穩，獨自落樓繞過商場去冬菇亭粥檔，其實不難，算是家母訓練我獨立的小測試。現在仍然覺得，拿着膠袋中的油炸鬼不太方便，通常膠袋短、油炸鬼長，突出的一截正正穿在膠袋手挽中間，挽着膠袋時油炸鬼會撞到手；若直接隔着膠袋手執油炸鬼，手感奇怪，看上去更奇怪，說到底油炸鬼不是玩具劍，拿在手上大搖大擺絕對談不上威風。

孖孖聲寓意成雙成對

　　小學買油炸鬼的時候，量詞都是用「條」的，因為就是棍狀一條。後來無意中聽到食客叔叔揚手一叫：「嚟孖油炸鬼。」「孖」字用得好，呈現油炸鬼成雙成對的狀態，腦海的量詞立即多添一個。從少接受家母的餐桌教育，早知油炸鬼原叫「油炸檜」，是平民不憤南宋奸臣秦檜害死名將岳飛，因而用麵粉等材料搓成兩條並連的麵條，比喻為秦檜與妻子王氏，掉入滾油一炸，就如油鑊地獄的懲罰，讓心中正義得以伸張，最後大啖撕咬，生吞活剝，不留活口，一泄心頭之恨；所以嗜食油炸鬼的舉動，或多或少，呈現我一直以來滿瀉的正義感。這故事於民間流傳，清代《越諺》有詳細記載，説法與家母傳給我的完全一樣，唯一要補充的是，有志書提到「越」即是現在的紹興，紹興話中「檜」與「鬼」同音，後來香港多用的就是「油炸鬼」的叫法。

　　油炸鬼最好食的是炸脆的兩頭，尤其是舊式粥檔出品的，炸過後兩頭膨脹得近乎想要脫離束縛，又大又脆，咬下一陣鹹香，已經是簡單的滋味。長大後越來越少見這種油炸鬼，我懷疑是老師傅的手勢已經失傳，少了粗糙的隨意，多了局限的保守，欠缺一份大師的霸氣。連鎖店的油炸鬼更不用説，機製倒模，大小一樣，呈現一種風乾的脆，毫無生氣。

記得十幾歲的時候，有次食到即炸油炸鬼。那是上世紀九十年代，屋邨的「走鬼檔」仍然盛行，少則幾檔，多則廿幾檔，粥粉麵飯，煎炒煮炸，種類繁多，完全不比台灣的夜市遜色。一位叔叔推住整車滾油出來，取出粉糰放在砧板上，切搓拉連丟，一沉一浮，幾孖同時炸，筷子隨時反，撩動幾下就夾起，放在旁邊透風的架上，賣時將膠袋套入油炸鬼直接拿起，收錢後再遞給客人。很久不見熱、香、脆的油炸鬼，可能是沒有遇上，也可能是美味跟隨老師傅、好手藝、走鬼檔，逐漸退場了。

蕭·博·士·講·多·句

現在要吃到即炸油炸鬼確實有點難，很多都是大批炸好入櫃，或者是從工場交來的。要食「三即炸兩」（我改的名稱，意思是即炸即包即食）更是難上加難，印象中只食過幾次，確實令人回味。

豉椒炒蜆…殼？

　　食過豉椒炒蜆以後，似乎就會對它念念不忘，至少我是這樣。小時候食炒蜆要到樓下冬菇亭的大牌檔，取其爐大火足鑊氣夠；其實爐火跟中式酒樓差不多，不過鑊氣確實是大牌檔比較常有，可能廚師都比較率性，敢放膽一試手藝，不似酒樓要維持平穩的水準。

　　小時候去食豉椒炒蜆先有一段前奏：途經地下的一列花槽，跟街坊擦肩而過，有些趕回家吃飯，有些與我朝着同一方向到大牌檔。那時對大牌檔的認知，只等同於「餐廳」的意思，根本不懂仔細分辨。起初跟着家人去，去多了一樣是跟着家人去，只是自己跑在前頭「霸位」，但率先到達並不代表甚麼，因為無論有位無位，還是要等家母來揀選；那時候對位置的好或不好，完全沒有考慮的數據基礎。

最怕遇上殼多過肉

　　點不點豉椒炒蜆也是由家母決定，主要看菜式的配搭，如果點了同是海鮮的蝦，可以直接死心期待下一次。或者家母當日覺得要「食清啲」，甚至講明「今日唔食炒蜆」，那麼表態也着實沒甚麼用。我喜歡食豉椒炒蜆，因為可以用筷子翻來覆去，當然翻也是有禮儀的，家母常說：「揀到啲蜆無肉都要夾走。」我懷疑自己一手筷子功夫就是這樣鍛煉得來的，翻開無，打開又無，夾到面前一堆殼，也不知確實食到多少。「殼多過肉，都唔知係咪加殼落去炒！」家母邊夾殼邊埋怨，說這樣就能多賺一點，也暗暗種下不點豉椒炒蜆的禍根。我不肯定這招數的真確性，不過有時也覺得這道菜太不爭氣，每每招人詬病。

近年我仍愛食炒蜆，踫過食肆恰巧「無生意」，廚師大發慈悲，一碟豉椒炒蜆不止量多，而且隻隻有肉，食到最後我更一反常態，希望翻出來會多點空殼，不過結局是一次過彌補數十年來「夾殼」的怨氣。

伙記上菜大顯身手

這種中式小炒食店，雖說是設在冬菇亭，但數十張枱與上百張凳的組合，延伸到街坊的往來通道上，吃與不吃的都在當中穿梭。不得不佩服伙記上菜的高超技巧，即使小孩跑來跑去，也沒有見過意外發生。廚師為慳功夫，同一道菜一次煮幾碟已成定律；伙記雙手拿着三碟炒蜆，穿巷過枱，一碟疊成高山，另一碟薄薄一層，食客很易比較多少。有些食客索性不理伙記安排，即時在他手上揀選，就像街市買菜要挑得心頭好，實行「先揀先贏」，炒蜆未入口，心中已泛起一陣舒暢。眼睜睜被搶去炒蜆的食客，最多只能用凌厲的眼神反擊，用筷子撩兩下，再暗罵幾句。

　　這種情況我看過，也親身體驗過，看着面前的「蘿底燈」，心中難免不悅。不過豉椒炒蜆殼肉分離的特質，起了左右大局的作用，即使殼不多，有時蜆肉已經掉落到碟上，直接夾起來食，也有莫名的快感。如果看到「攔途截劫」的食客，一整層蜆殼翻過後就直接「親吻」枱面，果真是除笨有精；這種反高潮的結局，又為大牌檔的豉椒炒蜆添加不少有趣回憶。

蕭·博·士·講·多·句

　　豉椒炒蜆在家製作並不困難，買回來洗淨吐沙；有些沒甚麼沙的，幾乎可以即買即煮。醬料可以用現成的，當然也可以自己調校，炒起來味道不會差。唯一欠缺是大牌檔的鑊氣，不過近年外出食炒蜆，都是汁醬較多，沒甚麼鑊氣了。

咕嚕肉與花槽貓

油菜 ｜ 麵 ｜ 炸大腸 ｜ 咕嚕肉 ｜ 豉椒炒蜆 ｜ 油炸鬼 ｜ 碎牛粥

　　咕嚕肉與生炒骨有甚麼分別？家母很早已經跟我解釋過；從最基礎的層面説，就是純「肉」跟帶「骨」的不同。這答案對小學的我來説已經十分足夠，能清楚將兩者區別。當時我比較偏好食咕嚕肉，多少受到有趣的名字影響，咕嚕咕嚕，解不通自然有種神秘的吸引力。咕嚕肉的優點在於甜酸味過後，可以「啖啖肉」，好送飯之餘不用擔心咬到骨頭。咕嚕肉無骨的特點，家母早就連同背後的飲食故事，在夾餸食飯的過程中慢慢灌輸，成為我的資料庫。家母提到咕嚕肉的發明，是為了要遷就外國人不懂吐骨，方便他們輕鬆進食。聽後我絲毫沒有懷疑，因為這與我喜歡咕嚕肉的原因正正相同，這個説法也是坊間廣為流傳的。

咕嚕一聲吞落肚

　　「咕嚕」最常解釋作擬聲詞，就像「啫啫雞」的「啫啫」聲，是模擬雞肉在鑊邊或煲邊按壓時，「乾身」雞肉與燒熱食具接觸所造成的聲音，是特定煮法所產生的獨特聲音，因而以「啫啫」名命。「咕嚕」所模擬的是吞食的

聲音，因為咕嚕肉沒有骨，就不用吐骨，單純強調「咕嚕」一聲吞落肚。另一種流傳的說法也跟吞有關，是因為食客看到美味的咕嚕肉，垂涎三尺所以要「咕嚕」「吞口水」。易吞的說法更能突出「咕嚕肉」的特徵，可以與外國人的片段併合，構成名稱跟特徵相配的完整故事。

相反，家母偏愛生炒骨，我也不好反對甚麼，吐幾下骨頭也不是甚麼難事。家母唯一說明過點生炒骨的原因，是因為黐骨的肉味道更好，有骨頭的肉汁滋潤，這點我不否認，豬扒也是帶骨的地方最好食。食肉吐骨需要技巧，技巧大多是來自經驗，食多就能了解排骨的結構，牙齒、舌頭和口腔如何運用來飲食，似乎也要靠自己摸索，養成肌肉的記憶。我懷疑家母從小就要訓練我的飲食能力，數十年過去，看我的體型就知道她十分成功，只是不知道家母有沒有後悔教得太好。

無晒骨頭　貓喵無飯開

骨頭在大牌檔隨處可見，枱上凳下，花槽旁邊，有着各式骨頭。大牌檔為每位食客準備「碗筷羹杯」四寶，自行用滾水淥一淥，洗完茶水倒入花槽，或倒入坑渠了事。小時候循規蹈矩，走近坑渠慢慢倒水，深怕會弄濕其他人，大人倒水就豪邁得多，眼看沒人經過，水杯一潑，茶水飛濺散落，看到地上水濕一笪笪，肯定是洗碗後的痕跡。跟酒樓不同，大牌檔少有跟碟，原因簡單，洗少一樣得一樣。碟的用途主要是盛骨頭、殼類等不吃的東西，大牌檔沒有碟，食客就直接放到枱上。伙記執枱，有用布將骨殼撥到餸菜碟上取走，也有用膠餐牌來鏟骨殼，看上去是方便的，餐牌亦更有作為，不過當你拿着餐牌在看，心頭的滋味就只有你自己知道了。掃骨有不同的演變，有時食客多，伙記「執唔切」，乾脆手執餐牌一鏟一撥，輕則散落地上一旁，重則飛到花槽裏頭。

有骨有肉，人棄貓取，不時會有小貓大貓，三三兩兩，餓住肚喵喵叫，在花槽遊走，開始覓食生活。後來大牌檔為求快捷方便衞生，在枱上鋪上好幾層即棄膠枱布，無論任何垃圾，一包一收，五秒後新一輪食客就可以入座。後來，花槽封了，枱凳不可擺上行人路了，路旁的水漬沒再出現了，小貓也不見了。

蕭博士講多句

咕嚕肉我喜歡食外脆內軟的，酸甜汁掛得好，可以「送飯」幾碗。汁醬不宜太多，也不能太油太稀，否則最後會變成煮咕嚕肉，只能說是另一種食法。飯盒的餸菜通常是這種做法，也有不少人喜歡，我覺得可以稍加整合，變成炆煮的另一道菜。

脆脆炸大腸

油菜 ｜ 麵 ｜ 炸大腸 ｜ 咕嚕肉 ｜ 豉椒炒蜆 ｜ 油炸鬼 ｜ 碎牛粥

香脆的炸大腸絕不能錯過，橙紅色的外皮乾爽脆薄，咬下去是油脂流滲的脂香，最好能一咬即斷。不要忘記蘸那碟酸甜汁，小時候每次夾起炸大腸，都要在酸甜汁裏側滾翻一圈，務求表層被醬汁完美包住；這時候要立即放進口裏咀嚼，免得醬汁影響了脆度。酸甜加香脆已經足以吸引我，還有旁邊可以去膩的菠蘿，是小朋友無法抗拒的配搭，我當時就是這樣認為。

客家名菜抵食夾大件

現在仔細想想，小學生究竟喜不喜歡食炸大腸呢？我不敢一概而論，或者更多人傾向選擇炸雞配泰式甜辣醬，但無阻我從小跟炸大腸建立的關係。炸大腸算是最貼近速食的一道菜，第一次看只覺色彩鮮艷，一試過後只剩難忘，當時有多少同齡的朋友食過，我估計應該不多，因為「炸」跟「大腸」個別出現，已教人向「不健康」的方面去想，更何況是兩者相加呢！

　　炸大腸是客家菜的著名菜式，過去常見於客家飯館，但印象中我們一家去專門食客家菜的地方，多是各區的大牌檔，推斷當時「純粹」的客家飯館已經越來越少。戰後1950年代，不少客家人移居香港，加上本地的客家原居民，帶來家鄉的地道菜式，漸漸形成特色的飲食潮流。客家菜主打「抵食夾大件」，量多飽肚，經濟實惠，加上多肉重油重鹽，適合1960年代需要大量體力勞動的階層，難怪可以風靡一時。平價之餘，重鹽能補充流汗失去的鹽分，多肉重油可提供高熱量，食客能維持長時間的粗重工作，說到底平民大眾「搵食」都是為了「搵食」。

不管宗派　好食最緊要

多年過去，部分客家菜式悄悄被「茶記」、大牌檔吸納，例如：梅菜扣肉、鹽焗雞、豆腐煲，菜名搬字過紙，實際的煮法、用料、味道是否依照傳統，各家食肆有自己的版本。食肆出品的文化界線變得模糊，只要食客多點多食，任何菜式照樣可以納入餐牌；正宗不正宗，老闆、廚師不一定追求，但求「你想點，我有得畀你點」，多種類、多選擇，自然能夠多賺錢。漸漸菜式的正宗不正宗，我們都沒有了分寸，不過好食難食，還是可以分辨出來。同樣是客家菜的鹽焗雞，記得家母曾經嗜食一時，後來逐漸絕跡飯枱之上。無他，雞肉無味，焗得不夠乾身鹹香，有時懷疑只是浸雞焗一焗，省去醃雞、炒鹽、包紙、埋封、烘焗的功夫，有名無實，寧願轉叫其他菜式。

在大牌檔食客家菜，無形中養成一種記憶的口味，即使一再中伏，鹹雞肉霉、扣肉粗乾、大腸不脆，還是會忍不住一試再試。食客仍然會點客家菜，只是作為菜式的選擇，完全不知道背後的飲食文化。加上現代人講求少鹽少油，多菜少肉，菜式的賣點反而變成了致命傷。時代改變，客家菜成了過氣寵兒，悄悄遺落民間。

◆◆◆ 文·學·講·多·句 ◆◆◆

炸大腸不單常見於大牌檔，也常見於街頭小食店。王良和（1963- ）的〈曇花·廟街〉提到廟街的炸大腸，飄來的是香氣還是膻味，要看店家的處理方法。廟街還有大牌檔，旁邊是各式各樣的店舖，構成香港獨得的購物和飲食風景。

延伸閱讀：王良和，〈曇花·廟街〉（收錄於《女馬人與城堡》，2014年）

牛腩米・乜部位

碎牛粥	油炸鬼	豉椒炒蜆	咕嚕肉	炸大腸	麵	油菜

喜歡食肉可能跟基因有關，我自小無肉不歡，即使到麵店也要點肉作為主角。我算是多食蔬菜，也從不偏食；年紀很小就食苦瓜，其他重味的芫茜、茼蒿、青椒，照吃不誤，只是如果有得揀，我會先揀食肉。一直以來，親戚大多住在元朗，假日難免探親聚會。記得以前家母會在踏入村鄉之前，帶我們到市內的潮州麵店食牛丸，先來的是樽裝可樂，牛丸底下墊着的是米粉，旁邊浮着幾粒冬菜。

麵店的老闆來自潮州，家母稱呼為「牛丸婆」，這是街坊的叫法，店內的食客點餐、打招呼，一樣直呼她「牛丸婆」；至於真名，我懷疑街坊根本就不知道。能夠被食客用食物來「冠名」，那款食物的質素一定有保證，事實也真的如此。「牛丸婆」的牛丸用傳統做法，手打自製，咬下去爽，夾雜一種粗獷的肉味，分明不黏牙。後來這種牛丸越來越難遇到，記得近年有次光顧一家一星級的潮州食店，食到的就是這種久違的味道。

以前「落樓」食粵式粉麵，要到附近的「冬菇亭」麵檔，當時未有連鎖麵店進駐商場，雖然選擇少，味道反而精細。

小學時我跟同輩一樣，仍然迷戀速食店的一切，同學小息會炫耀自己食過薯條、換了玩具，舉辦店內生日會更是一件風光的事。我到中學就開始改變，因為午飯可以隨意選擇，漢堡、炸雞總不能每日食，後來就開放胃口的權限，探索美食世界，好一段時間，我吃的就是牛腩米。以前食牛腩比較「守規矩」，只會直接講出「牛腩米」三個字，後面連「走青」也不會加，因為我食葱的。

食麵教曉我開闊飲食世界

中學時獨自走到「冬菇亭」食麵，會有種特別的感覺，穿過透明膠簾，好像走入不屬於自己的結界。環看麵檔坐着的都是成年人，個個神態自若，我只有故作鎮定。間中會有家長帶小朋友來，大多都是家長要充飢，三扒兩撥，

食完埋單，拖着小手急步離開。有時跟家母去食，她會細聲說：「後面嗰枱係潮州人。」家母成長的年代，朋友、工友的家鄉不同，聽他們說話多了，多少能分辨鄉音俗語。離鄉繼而尋味，是移民潛藏的飲食意識，從中得到緬懷和安慰。1950年代，不少潮州人來到香港，帶來家鄉味，出品家鄉味，幾十年過去，故鄉情懷仍舊不斷。

「冬菇亭」麵檔已經改換成商場食肆一樣，食麵的街坊都轉往連鎖麵店，坐在舖內涼冷氣、食麵、飲奶茶。我現在食「牛腩米」也不再「守規矩」了，隨心情叫「坑腩」、「蝴蝶腩」，聽旁邊叔叔叫「肥腩」，我一直不敢挑戰，因為近年我已經「隨身自備」了。還有聽過熟客剛坐下來，二話不說，大叫：「腩邊撈粗走蠔油多腩汁！」我彷彿又回到中學時的結界，粵式粉麵原來還有很多配搭，叫我自覺要多食來吸取經驗。大學過後，我很少到樓下開餐，因為中學的午餐教曉我，不要局限了味蕾；而牛腩米教曉我，要不停開闊飲食的世界。

牛腩要好食，不容易，香料配搭要得宜，牛腩要新鮮，炆燉的火喉要適中。不時會在各種食肆食到「柴皮」牛腩，肉質比瘦肉還要韌，汁料是豉油加少少花椒八角。後來我終於明白，要食牛腩就要到賣牛腩的專門食店。

邊度郊外油菜？

| 油菜 | 麵 | 炸大腸 | 咕嚕肉 | 豉椒炒蜆 | 油炸鬼 | 碎牛粥 |

到麵檔食粉麵，不代表只想食粉麵，因為麵檔還有其他食物，常見的有炸魚皮和油菜，埋首於自己湯碗的同時，有些食物可以同枱分享，不是更好嗎？其實説到底就是「食癮」發作。

小時候到麵檔，炸魚皮出現的次數比較多；家母在我再三慫恿（或哀求）之下，有時也會妥協。炸魚皮香脆，蘸湯不蘸湯，食法不一樣，加上家裏無法自製，間中點來嚐嚐不無充分的理由。油菜就完全相反了，平日飯枱不時出現「食剩幾條，永遠話飽」的場景，大概家母已是心中有數，外出想用廿多元點一碟油菜，不符合成本效益，家母一句「廿幾蚊買幾斤返去食死你」，絕招一出，話題終結，各自繼續沉默食麵，為免影響往後幾天的伙食。

闊綽廿幾蚊　自己唔使煮

　　油菜，即蠔油加焯菜，家裏確實易煮，但需注意烹調時間的長短。若要貼近麵檔煮法，可以隨手於滾水中加油，保持菜的青綠，同時增添油亮。蠔油品牌、味道隨意選擇，豐儉由人，可改換成醬油，「走油」就更加健康了。如果每位食客奉行「自煮態度」，衡量菜式的划算程度，油菜似乎早就要絕跡餐牌之上。不過外出食飯還有氣氛、環境等外在因素，三兩朋友同枱，純粹食麵或者會覺得有點欠缺，油菜是較健康的選擇。在麵檔不時會見到「打工仔」獨自用餐，點餐時會多點一碟油菜，或者是太忙沒時間煮，或者是根本沒有買菜煮飯的打算，那倒不如到麵檔揮手點餐，送來麵食、蔬菜，輕鬆享用，不留手尾。

　　麵檔餐牌上的「油菜」，通常前面會加上「郊外」兩個字。名字的出現當然有原因，餐牌的「郊外」斷斷不會白寫。其實「郊外油菜」的組成不難明白，套用現在常説的「產地直送」，就是説產地是本地郊區。以前香港的交通網絡不發達，要到郊區真的要長途跋涉，例如到屯門、元朗等地，是切切實實的「郊遊」！所以蔬菜從郊外到餐枱，即割即運即煮即食，新鮮程度可想而知，這樣用心，這樣地道，怎會不好吃呢？

　　現在的本地蔬菜不一定來自郊外，市區工廈一樣有新鮮菜蔬供應，不過麵檔所用的菜，一般已由內地供港，「郊外油菜」如同歷史一樣，停留在昔日的時光。現在到麵檔選擇完全自由，反而沒有點油菜，因為牛腩以外，有時想食雲吞，水餃好像也不錯，胃口早被麵食的材料霸佔了。即使當日飲食的狀態極佳，可樂和炸魚皮會同時於腦海浮現，最後才會想到油菜，不過這最後一閃的只是靈光，往往不會實踐到餐枱之上。

蕭·博·士·講·多·句

　　外出食麵很少點油菜，可能自己是「食肉獸」的關係，但打邊爐反而會吃些菜，幫助消化之餘，可以解解肉膩，然後再多食幾輪肉。現時香港也有本地「油菜」，一包包洗淨的沙律菜，調配好的油醋汁，一開即食，十分方便。

第三章

街市

　　以前的屋邨街市是個冒險的地
方，各種舖頭鎮守一方，區區不同
特色。肉檔的燈光照到豬、牛肉上
面，形成一道紅色的背景；陣陣鮮
腥飄湧過來，就會意識到魚檔在前
面；食物香味最豐富的是小食攤檔，
也是街坊年齡分佈最廣的區域，食
客男女老幼，側身擦肩而過。

街市

　　以前的屋邨街市是個冒險的地方，各種舖頭鎮守一方，區區不同特色。肉檔的燈光照到豬肉、牛肉上面，形成一道紅色的背景，豬肉佬磨刀過後，就是一下下斬排骨的聲音。踏上濕滑的地磚，陣陣鮮腥飄湧過來，就會意識到魚檔在前面，是跨越還是轉彎，總得從購物需要去考慮。食物香味最豐富的是小食攤檔，也是街坊年齡分佈最廣的區域，食客男女老幼，側身擦肩而過。成年人一買上百元，店販招呼周到；小朋友從口袋掏出幾個碎銀，店販一樣歡迎，屋邨小孩就這樣開展自主的飲食之旅。

舖頭雖小　五臟俱全

　　比較乾爽的是賣衫、改衫的舖頭，舖頭外掛住翻版熨畫T恤，旁邊是傳統的「婆仔衫」，有時家母會去買毛巾，或者釲骨、打鈕門。紙紮舖同樣位於「乾爽地帶」，中秋節門外掛滿燈籠，楊桃、太陽、白兔是傳統款式，後來就有塑膠、會播音樂的卡通人物燈籠出現。報紙檔以前人頭

湧湧，茶客要買報紙上茶樓「嘆茶」，小朋友嘈住要買兒童雜誌，街坊太太有時會連同八卦雜誌一齊買，一家人同枱食點心，又各自閱讀。

　　屋邨的麵包舖會在街市開檔，麵包香、蛋撻香叫人無法抗拒，小學時食「豬仔包」做早餐，感覺上比較健康，也不用花功夫，後來就在菠蘿包、雞尾包、腸仔包之中做選擇。麵包舖對面的雜貨舖，舖位很大，糧油雜貨一應俱

全，門口必定有個外型似打爛的瓦缸，放滿堆疊的醃榨菜，旁邊插住一對木筷子，方便夾起入袋出售。生果檔的水果擺放得同樣整齊，橙砌成金字塔，似乎是用來觀賞，不是用來賣；家母不時提醒，不要用手觸碰，因為「冧咗就要買晒佢」。

去菜檔買蔬菜似玩尋寶遊戲，菜芯、西洋菜放在哪裏，要看檢索名牌慢慢找，無形中學會不少中文字；有時家母不趕時間，直接講出價錢和種類，外加「搭棵葱」，就可以擸菜畀錢。商場有零食店，街市同樣有，傾向走傳統路線，家長輩小時候食的小食，部分可以在街市零食店找到，小學時我仍有買醃芒果、醃木瓜，現在要找就要花點功夫了。

另類的學習場所

現時常說學生要有「其他學習經歷」，意思是於課堂授課以外，舉辦不同類型的活動。其實學習經歷早在生活之中，以前「三日唔埋兩日」去街市，同齡小朋友時常跟隨家長出入，在跌跌蹌蹌中學習，於成功和失敗之間找分寸，這些都是學校無法傳授的。正如家母所講，屋邨街市確實危險處處，人多貨多利器多，一不小心，輕則道歉賠錢，重則受傷入院。

　　街坊家長其實心知肚明，所以對策十分彈性，有時貼身指導，有時獨力奮戰，將小朋友留在商場中庭。屋邨小孩容易混熟，有時家長拿着一袋二袋出來，小孩反而玩得不願離開，家長坐下來歇一歇，閒聊幾句，等小孩放電完畢才雙雙回家。現在新式的街市光猛清爽得多，盡量避免有任何意外發生，舖位工整，巷道寬闊，逐步趨向「超市化」。街市也不太見到有小朋友出沒，小孩忙於補習，親子相處的時間不再停留在街市內。時代變遷，無法保留的都會一一成為回憶。

蕭·博·士·講·多·句

　　我喜歡行舊式街市，裏面仍有些「新奇」的東西值得發掘一下；不純粹以消費掛帥，有自己的特色，貼近當區街坊的生活。超市跟街市各有優點，吸引不同的顧客，如果有日街市全面超市化，兩者越來越相似，街坊真的有必要到這種新式街市嗎？

一袋白米幾隻蛋

　　小時候到街市的雜貨舖，幫家母買油買米，可以說是獵奇的經驗；因為舖頭裏面有很多事物在外面都比較少見，各式紅豆綠豆黃豆用木箱載住，旁邊是一格格種類不同的米，產地、米種、品牌清楚列明，我最有印象的只有絲苗，或者是直接買一個品牌的米。手拿膠袋裝着的白米，等粒上樓時不免好奇，為甚麼不直接到超級市場買呢？包裝的米更容易拿回家，不用冒打翻膠袋的風險。我並沒有誇大實情，來往街市的短短路程，間中會看到地上灑落一堆米，或遺落一些豆，明顯都是包裝袋沒有密封、手沒有拿好所導致的後果。

散裝比袋裝好食

　　問過家母有關買米的事，她說「散裝好食啲」，我推測是因為疏氣比較好，或者是批發的米比家用的米優質。家母補充：「食幾多買幾多，可以慳地方」，加上有些人會「溝米」，新米溝舊米是入門級的說法，後來在雜貨舖

等找錢的時候，聽過街坊買米講明要哪款溝哪款，伙記純熟地先後鏟起兩種米，放入磅上的膠袋量重，一手付錢，一手交米；可能老街坊才能這樣一袋混兩種米，因為點了就不能反悔，完全是建立於信任上的買賣。

　　每月買米的次數不會很多，有時超級市場的米特價，為求方便，家母最終還是會投入袋裝米的懷抱。相對比較常到雜貨舖買的是雞蛋，因為每隻都可以揀過照過，帶點搜證的味道。以前雜貨舖開門會有一大堆雞蛋，上面隨意用電線吊着一盞黃燈泡，好一段時間以為是裝飾用途，雞蛋照燈時的外觀確實好看。後來看到街坊照蛋，家母趁人

客不多的時候，教了我一些照蛋的技巧。拇指在蛋的下面盛着，食指在上面稍微用力夾住，穩陣一點可以食指跟中指同用，無名指和尾指稍微屈曲收在後面。如果是用右手照蛋的話，三隻手指會形成一個反 C 字，蛋正正陷入缺口裏面，保留蛋中間的大遍空間，讓燈光照透整隻雞蛋。燈照下去，雞蛋透光清澈就是好，既沒黑點，也不混濁。

學照雞蛋　咪話小兒科

　　小學時我已經有照雞蛋的經驗，最初是家母邊照邊教我判斷，後來家母抱起我，讓我雙手拿着蛋去照，當然不及正式手法照得清楚，但雙手能夠感受到燈泡的溫暖。鹹蛋同樣可以照，不過通常由家母處理，鹹蛋表面還有刮剩的灰，家母不想我弄得整手黑灰，我的上手意慾也沒有太大。鹹蛋照的時候呈橙黃色，是蛋黃滿油的指標，簡單配白粥已經很美味。

　　皮蛋就不用照，用手指輕彈來測試回震的程度，回震多的就是溏心，打開一般會有松花的紋。日常經過雜貨舖，就能看到這些揀選食材的小技巧，發現、摸索、學習是增進知識、培養習慣的過程。雜貨舖不是遷就小孩的教室，我們從小觀察和模仿，在家長、街坊的眼底下，熟習融入社會的方法，做成年人會做的事。地上打瀉的米和豆，或許就是小朋友嘗試自立時，所留下的印記。

◆◆◆ 文·學·講·多·句 ◆◆◆

　　香港的米種不及台灣多，食肆各有所好，甚至挑選特定品種來吸引食客。台灣作家劉克襄（1957-　 ）在〈我的稻米主張〉談到各種米的特性，也指出年輕一代受外來的飲食文化影響，對米飯的需求遠遠不及以前，產生農地過多、稻米過剩的問題。

延伸閱讀：劉克襄，〈我的稻米主張〉（收錄於《男人的菜市場》，2012 年）

◆◆◆◆◆◆◆◆◆◆◆◆◆◆◆◆◆◆◆◆

腸粉灰色地帶

田雞與鯪魚肉

豬肉

叉燒

車仔麵

煎釀三寶

腸粉

白米與雞蛋

食腸粉不一定要到酒樓，到樓下街市買更加方便，不限錢，不限量，從幾元到幾十元，豐儉由人，主要看胃口有多好，更重要是看零用錢有多少。到街市買「熱辣辣」的腸粉，會經過兩旁擺滿各式小食的攤檔，但如果一心一意要買腸粉，就要轉入小巷裏的豆腐舖。小食攤跟豆腐舖有既定分工，或者受來貨影響，或者出於默契，他們賣的食物永遠不會重複；即使大家都賣魚蛋，小食攤賣炸的，豆腐舖賣蒸的，就我「幫襯」的好些年來，未曾見過爭拗，反而是旁邊檔口「行開行埋」，隔離檔阿姐會順手招呼收錢，以前看似平常，現在想見也難有這樣的場景和人情。

屋邨尋味記

090
⋮
091

幫襯口訣：辣醬之外，乜都要

買腸粉要講經驗，開口前心中大概有個盤算，至少想想大概會花費幾多，因為實際會影響到包裝的方法。如果買個十多元，阿姐會將腸粉紙放在碟上，打開腸粉爐用鉗夾起腸粉，再用鉸剪剪成小段，其他醬料隨意加。我最初買的時候，仍不自覺要講出醬料要求，等阿姐開口問，就完全暴露了門外漢的底細。後來多買幾次就知道，要看準時間，不早不遲，報上一句「辣醬之外，乜都要」，阿姐有時回應一聲「好」，有時埋首不語，就已經算是「聽到明白」的外化回應行動。

中學時買腸粉要二十元起跳，正式踏入塑膠盒包裝的階段，因為買不夠二十元，是不會用盒載的。發育時期最怕捱餓，基本腸粉的花費自五元跳到十元，份量多一倍有餘。燒賣、魚蛋、豬皮、蘿蔔，每次配搭不定，總數埋單大概二十多三十元。有時三兩朋友踢波耍樂，也會夾錢買腸粉一齊食，記得是腸粉、魚蛋放一盒，燒賣、豬皮、蘿蔔放另一盒，算是年輕時買腸粉最多的一次。盒一打開，各自拿起竹籤隨心進食，同學屋企、公園石枱、球場石級都有我們食腸粉的回憶。

在隨性與嚴謹之間

以前的屋邨生活比較隨性，拿着腸粉找個角落可以隨時「開餐」，有餘錢的再買杯珍寶可樂大家分享，幾個小時很快就過去。豆腐舖賣腸粉也算是隨性的一部分，沒有小食牌照，根本不能賣熟食，不過豆腐舖的煮食爐具放得隱蔽，要檢舉也不容易。腸粉能不能賣看似是灰色地帶，單賣應該沒問題，加醬加料就已進入小食的範疇，當然作為食客的我們不會管太多。這種「踩界」的做法，在現代的翻新街市幾乎絕跡，因為檔口有指明出售貨物的種類，是賣貨還是熟食，分得很清楚，位置和租金也不一樣。

　　屋邨街市的現代化管理，界線十分清晰，不能少一寸，不能減一分，規矩就是規矩。規矩是好是壞也説不定，當隨意被消失，檔口分隔，人情疏離，熱鬧不再；突然聽到檔販呼喚，想要打感情牌之際，一陣陌生的尷尬湧上心頭，當刻才發現，原來彼此並沒有情感累積的基礎。有人認為街市光猛、檔口整齊、冷氣充足，是令街市「翻生」的方法；但在放肆與嚴謹之間，着實可以有更多作為。我仍然懷念以前擠迫熱鬧，你呼我叫，閒話家常的街市，當中溫熱的不止是魚蛋腸粉，還有熟悉的生活環境。

　　腸粉現在漲價不少，魚蛋、蘿蔔等配料也不便宜，有時到甜品舖，食糖水之餘，總會「口痕」想食腸粉。腸粉、配料每種都點一點，小小一碟已經要五十元，只能説以前街市的土炮出品，有別於現在店舖的餐牌小食。

煎釀邊三寶？

　　賣一元一件的煎釀三寶，幾乎已成絕響，現在十元大多只能買到三數件，而且無論是哪一寶，看上去都好像有點「縮水」，可能是人大了，看的東西都變小；一件方塊豆腐對切成長方形，再抹點魚肉粉漿，炸成拇指一樣大，是銀碼上調以外的變相加價。以前零用錢少，落街耍樂時，褲袋只有「十幾廿蚊」，但已經很好用，獨食之餘還可以跟朋友分享，煎釀三寶就是圍枱共食的頭幾位常客；小時候的飲食回憶就是這樣累積而來。

十幾廿蚊的「珍寶」

　　以前買煎釀三寶要到街市的攤檔，印象中商場有些舖頭也有賣炸物，不過街市的小食攤就是有吸引食客的「排場」，木板、紙箱堆成的延伸攤檔，霸佔街市的整條行人路，街坊來往的小路通常是疏水渠蓋的位置。人多的時候要側身前行，有人停下來揀菜，有人在買芽菜豆腐，擠壓的情況現在應該不會再看到。小學時，我不是買腸粉，就是在兩

家小食攤檔前左右徘徊，思考要「幫襯」哪一家。兩個食攤是競爭對手，但剛好坐落在相鄰的位置，他們賣的食物幾乎一樣，唯一不同的是，他們剛炸好的食物與剛賣完的時間都不同；其實主要是看哪家攤檔推出的食物比較適合當時的胃口。

想食哪樣揀哪樣，看似是簡單的揀選標準，不過面對攤檔前後十多款食物，任何人的選擇困難症都會突然發作。煎釀三寶佈滿面前的整塊木版，墊底的腸粉紙上面是紅腸、青椒、豆腐、茄子、炸雲吞，各款都釀入魚肉炸好，分門

別類，紅一堆綠一堆，看着就會想多點幾件。當然還有炸過的魚蛋、蟹柳、雞翼、雞髀；炸雞髀比較少，想食也要看運氣，十多元一隻雞髀，對小朋友來説已是食得豪爽了。旁邊還有不斷翻熱的粉仔、碗仔翅和生菜魚肉，也是十多元一碗，小時候覺得這些碗裝食物比較貴，現在看來只是小數目，但當時用上過半零用錢來買，內心每每有一番鬥爭，食的時候會格外珍惜。

釀餡的未必是真魚肉

　　煎釀三寶是適合「請客」的食物之一，買的時候可以分開揀選，食的時候可以「各自為政」，豉油多少、進食次序隨個人喜好決定，而且數量也多，買廿元煎釀三寶，三五朋友邊談邊食，可以花上好一段時間。小時候食煎釀三寶，當然沒有思考食物的來源；順德有名菜煎釀鯪魚，做法相似，同樣是用鯪魚肉為釀餡，以前在茶樓和家中都有嚐過。至於小食店賣的煎釀三寶，為節省成本，於魚肉中加入大量麵粉，後來賣的還有沒有魚肉成分，也無法確定了。這種用魚肉粉漿製成的煎釀三寶，變成香港屋邨和街頭的特色小食。

有人曾經問我，三寶是指哪三種食材呢？或者「三」只是一個虛數，即是粵語所講的「無三不成幾」，指有幾款煎釀的食物任君選擇。「三」於買賣時就變回實數的功用，五元三件就是確切的三件，要多幾件就要多花錢了。以前我的煎釀三寶可以實指為魚蛋、豆腐和紅腸，總覺得青椒、茄子炸得不好，太油膩。幾十年過去，魚蛋、豆腐和紅腸仍然穩守三甲，只是偶爾會多點炸雲吞變成「煎釀四寶」，但直到現在青椒、茄子的油膩程度，跟我的口味一樣，依舊不變。

蕭·博·士·講·多·句

　　小食當中，煎釀三寶的改變着實比較少，材料依舊是小時候食開的幾款。新式的松露、芝士，跟傳統的陳皮、鹹蛋黃都可混入魚肉裏面。豪華一點，魚肉可以用來釀英式肉腸、日本豆腐、意大利黃瓜、泰國茄子，都有一定捧場客。

流動車仔麵

田雞與鯪魚肉 | 豬肉 | 叉燒 | **車仔麵** | 煎釀三寶 | 腸粉 | 白米與雞蛋

　　第一次食車仔麵是仕樓下街市，家母帶我走到豆腐舖旁邊的車仔麵檔，當時我還未夠高看上面的食物，主要是由家母揀選麵食和材料，後來長高了就能一覽車仔麵檔的格局。車仔麵檔是由旁邊豆腐舖老闆經營的，他跟員工在舖頭賣豆腐、豬紅、魷魚、豬皮，同時在旁邊沒有開檔的舖頭門口，用木製手推車做車仔麵檔。對面的舖頭同樣沒有開檔，門口放了一張摺枱和兩張摺凳，小時候我就是坐在那裏食麵；後來才注意到，另一邊原來是紙紮舖。

　　手推車上面嵌上分格的預熱盤，一大格滾湯用來「淥菜淥麵」，另一大格是湯底，旁邊四小格是放着滷水牛腩、滷水豬腸、白焓豬皮和白焓蘿蔔。手推車還設有延伸的木板，放置小型的電熱鍋，裏面是咖喱魚蛋和魷魚，還有秘製辣汁、辣椒油用小兜掛在側面，外賣碗蓋、筷子、膠袋，掛在手推車的另一邊。

　　小學時在家母的監督下，車仔麵的材料大多是蘿蔔、豬皮和魚蛋，配的通常是米粉，總體來説就是要清淡容易夾。記得有次看到街坊加咖喱汁，自己也想試試，就跟家母説自己也要加，最後太辣，沒食幾口就撐不下去，家母跟老闆説要換點清湯，老闆將咖喱湯倒入坑渠，加清湯的同時附帶「嫌麻煩」的白眼。

手推車勝在能屈能伸

　　小時候不明白，豆腐舖老闆為何要兼開車仔麵檔，現在回想就覺得順理成章，反正豆腐舖有賣魷魚、豬皮等材料，也有賣河粉、油麵等麵食，何不「溝埋」做車仔麵，多開一條財路。車仔麵檔是無牌經營的，以前屋邨街市管理比較寬鬆，偷偷經營、霸佔行人路是常有的事，在現今的新式街市當然不可能發生。街市的車仔麵檔不用交租，而且能夠保持流動性，隨時來回移動。

　　我懷疑老闆夜晚會推車仔出去做宵夜麵檔，聽說以前不少人也是早晚各一份工作，當中很多人不知已經賺了第幾桶金，買樓、買舖收租做業主了。車仔麵檔的特色在於流動性，適合在不同地方開檔，推到人流多的地方，稍為躲藏就可避免「走鬼」，這或者能說明，用手推車開麵檔的原因，本來就是要作熟食的流動小販。

咖喱汁少加為妙

　　樓下的街市一改再改，豆腐舖已經換成其他舖頭，車仔麵檔亦不復存在，應該很難再有機會坐在紙紮舖旁邊食車仔麵了。現在食車仔麵大多在舖頭入面，邊涼冷氣，邊飲凍飲，而且材料選擇多，擺盤愈趨精細，但味道有時反而不見得出色。

　　現在食車仔麵點的材料傾向味濃，牛腩、豬腸、腩肉配油麵，加點滷水汁已經很夠味。長大後食辣的程度提升不少，但食車仔麵的時候反而很少加咖喱汁，因為跟材料的味道不太配合。或者咖喱汁的潮流已經不及從前，街市也變了樣，連當時不能食辣的小孩，今日也要去挑戰「山小辣」。

◆•◆•◆　蕭•博•士•講•多•句　◆•◆•◆

　　車仔麵從以前街市、街邊的「地踎」麵食，變成入舖的特式麵店，現時基本消費已經升至四十元，有見過一碗幾餸的車仔麵，賣七、八十蚊。當然食材和服務可能十分優質；常說「十年人事幾番新」，用於車仔麵上同樣合適。

斬大嚿叉燒

「斬料，斬料，斬大嚿叉燒！」小時候不肯定在哪裏聽過，後來才知道是賣米酒「玉冰燒」的廣告歌。廣告歌算是成功，因為深入民心，街坊琅琅上口，變成日常用語。不過，換另一個角度來看，廣告歌也不算成功，廣告的目的是為了銷售；但不少人只記得頭幾句，唱紅了斬料和叉燒，越來越少人記得歌詞後面的玉冰燒了。

記住半肥瘦走豉油

因為這首廣告歌，我年紀輕輕就識「斬料」；屋邨小孩很多時都是小幫手，幫忙家人落樓買各種東西。我的購物清單中，以食物類佔最多，雞蛋、油炸鬼、粉麵、蔬菜是常見的幾類，開飯前家母心血來潮，會叫我拿「廿蚊」到燒味檔斬叉燒「加餸」，我穿上「白飯魚」落樓，等較門一打開就會衝向街市。小時候的屋邨，很多小朋友都到處跑，我也是其中之一，有時是因為約了三五朋友踢波耍樂，跑是正常的；有時是精力旺盛，買叉燒、買報紙也要跑住去，無他，慢慢行並不是屋邨小孩喜好的習慣。

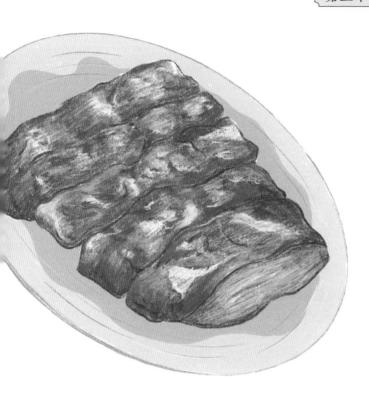

　　我家的斬料排行榜，叉燒永遠佔第一位，加上廣告歌的影響，好一段時間我以為「斬料」就等同「斬叉燒」。家母買叉燒要買「半肥瘦」，過肥太膩，過瘦太「柴」，取個中庸之道不好嗎？「半肥瘦」算是最為大家所接受的程度，即使有人對肥、瘦有極端的偏好，「半肥瘦」叉燒也總是可以供大家品嚐一下。家母飲食偏向清淡，每次斬料都千叮萬囑要我「走豉油」，我當然有記住，但有時望向背對的燒味師傅，說話講了，他有沒有聽到和記住，已經是另一回事了。家母打開燒臘紙，「又加咗豉油！」總有幾次會這樣說，「我講咗㗎啦！」我只能夠搲住頭回應，

好幾次師傅落完豉油，才想起小朋友的説話，之後一句「哎呀，落咗啦，唔緊要啦！」照樣將叉燒遞到我手中，收錢然後下一位，我想「人微言輕」也可以用於我去斬料的例子上。

生嘗叉燒好過生你

後來斬料斬多了，就知道「肉外有肉，天外有天」，有時也會跟家母説想食燒肉、油雞、燒排骨，不過怎也比不上食叉燒的次數，因為有時燒肉肥膏太多，蒸雞家母也常常煮，燒排骨價錢比較貴，所以還是食叉燒吧。叉燒是燒味不可或缺的食物，而燒味是粵菜當中重要的一環，香港一直處於粵地，長久以來受粵式飲食文化影響，所以家家戶戶對叉燒都不會陌生。

現在看來，叉燒可能只是家常食物，不談貴價食肆的精緻叉燒，一般大眾都可以負擔得起。不過在 1950 年代，大眾收入不多，對貧苦大眾而言，不是大時大節大日子，都不會斬料買叉燒「加餸」。有時到親戚朋友家中作客「黐餐」，總不能兩手空空，到燒味檔斬料，包好放入雞皮紙袋，當時已經算是十分體面。

　　以前有一句流行話：「生嚿叉燒好過生你」，現時網絡世界上仍然有人提及，成了經典的懷舊句子，不過現代人的理解似乎有點不太準確。不少人以為，這句話是用來諷刺某人「比叉燒更加無用」，是比「無用」更「無用」的對比。實際上的意思應該是，「叉燒」可以食，能夠解決飲食問題，是有所作為的，而「你」因不同原因而並無作為，所以組成的是「有用」（叉燒）跟「無用」（你）的對比。慶幸家母從未對我説過這句話，不然小時候就要以叉燒作為假想敵了。

　　叉燒以前用作斬料加餸，不過加餸不一定是好事。1960 年的電影《可憐天下父母心》，講到父母無力照顧五個兒女，決定將長女送給鄰居。臨別的一場，飯枱上有加餸的叉燒，旁邊是青菜、腐乳，另外準備原隻鹹蛋作送給女兒的最後禮物。

豬肉潛規則

　　超級市場未有肉賣之前，買肉就要到街市。我讀幼稚園的時候，已跟家母到肉檔買豬肉，記得放學後跟隨家母的腳步走入街市，有時遇到同學，家長們會站在一旁閒聊幾句，有時聊起來也就半個小時。我跟同學沒甚麼好說的，有些根本不熟悉，我們只能在家長的視線範圍內走動，可以說得上是十分無聊。家長就是要鍛煉小朋友的耐性，直至我或同學第三次問「走未呀？」家長才會察覺時間的流逝，「唔傾啦，要返去煮飯。」家母拋出一句作結，家長們再笑住補充多幾句，然後大家揮手講聲拜拜。

小心籐條炆豬肉

　　「快啲啦，返去要煲湯。」家母轉身立即收起笑容，切換成操作日常家務的緊張狀態，拖住我快步走向豬肉檔。我沒有回應，也不適合回應，只管加快腳步跟上，站在豬肉檔一尺範圍外。家母吩咐我原地站着，自己快步走到豬肉佬（現時叫「肉類分割技術員」）的旁邊，大聲講自己要買的價錢和肉類，「三十蚊瘦肉」、「四十蚊豬脹」是比較常聽到的。家母退回來又再吩咐幾句，語重心長地說肉檔危險，有時買肉的人多，怕我被推了過去，加上豬肉佬無後眼，轉身時無論人或刀碰到我都十分危險，叫我小心不要靠近；所以好一段時間，我都緊守這條肉檔的禁忌法則。

買完離開肉檔並不代表豬肉可以順利到家，記得有次家母叫我幫忙拿豬肉，因為單單抽住膠袋感覺太無趣，我就開始向前用力讓袋中的豬肉旋轉。我轉了一次就成功了，心裏萌生莫名的快感，就拼命的前後旋轉好幾次。家母看見就罵了一句：「嚿肉遲早飛出嚟！」說話聽了進去，心中未有理會，更加速感受豬肉於拋轉時的離心力。不過有時剎那的成功會導向慘痛的結局；在等較上樓的時候，膠袋承受不住豬肉拖加的壓力，突然穿了，豬肉凌空轉圈，「啪」的一聲墮落電梯大堂。在一眾街坊還未意識到事態發展時，家母已經一手執起豬肉，執住我的手急步離開大堂。豬肉後來掉到外面的垃圾桶，我們沒有回到肉檔，過了一會就直接回家。湯煲不成，豬肉還是要炆一下，藤條已經準備好了，難道豬肉還會缺嗎？

買肉講求亂中有序

　　直到高小，人長高了不少，才開始幫忙家母到肉檔買豬肉。從小看家母買豬肉，以為看得多自然學會，後來發覺也並不簡單。買豬肉時人少還好，豬肉佬有空閒望過來一兩眼，人一多，麻煩就來了。肉檔從來沒有排隊機制，毫無先後次序可言，走過去豬肉佬旁邊，就要一鼓作氣講出心中所想，若然怕醜禮讓不出聲，恐怕企半小時也買不到。頭幾次企在檔口旁邊欲言又止，豬肉佬看到我也不會開口問，街坊一個接一個喊出要買的東西，年輕時不太能接受這種無秩序的販賣方式，但後來長大了才明白，其實屋邨街市是有一套自己的規矩。

　◆◆◆ 文・學・講・多・句 ◆◆◆

　　豬肉價格越來越貴，原因十分複雜，過去曾出現疑似來貨價不同的爭議，街市檔販指超市有優惠價，發起罷市行動。也斯（1949-2013）的詩作〈豬肉的論述〉，模擬多方持份者對事件的看法，屠房的豬也不忘澄清，一切都「只是人類單方面的行為」。

延伸閱讀：也斯，〈豬肉的論述〉（收錄於《蔬菜的政治》，2006年）

從田雞到鮻魚肉

　　以前的街市地方濕滑，人來人往，踩來踩去，本來乾爽的地方都變濕。街市最濕的地方是魚檔聚集之處，運送海鮮難免鹹水四溢，魚蝦生猛游動自然會水花四濺，水漬污穢造成的黑色鞋印，在地下一個疊一個；我從小佩服着拖鞋到街市的街坊，尤其是經過魚檔一帶，不知腳板與拖鞋接觸時的感覺如何。我免得過都不會走近魚檔，到街市覓食也會兜圈避開；有時落街會着短褲，經過魚檔也有整濕的可能。有些街坊習慣霸氣橫行，一腳踩落地下，隨即為旁人的鞋襪衫褲送上飛濺的黑色水點；我最討厭是水點落在小腿上面，有污穢、噁心的感覺。

　　家母為免加重洗衫的工夫，也怕我不小心滑倒，大多
會吩咐我到商場的中庭等，後來因為太悶，我提議到超級
市場閒逛，家母買完餸會到商場找我，如果已經沒有甚麼
好看，我會走到超級市場的門口等候。通常家母獨自闖入
街市，晚上都會煮海鮮，漸漸變成一種飲食模式，有時會
猜想一下海鮮的種類，魚、蝦、蟹、蜆各個種類，幾乎沒
有一次猜得中。雖然魚檔濕滑難行，有時放假商場人多，
品流複雜，家母不放心仍是會帶我硬闖禁地，田雞就是在
這些時候看到的。

實地考察生剝田雞

一入街市，未到魚檔先見田雞，鐵籠裏堆疊十多隻田雞，小時候不懂事，沒太大感覺，就當是科學堂的實地考察。田雞會跳也會叫，印象中我在家母親自監督之下，嘗試用小手指去觸碰田雞，就只是濕濕滑滑，沒有太奇怪的感覺（可能濕濕滑滑已經夠奇怪）。後來我明白自己為何不怕觸碰田雞，因為生剝田雞也看過了，已經沒有甚麼好害怕。過程我仍然清楚記得，可是太過血腥，我就不仔細描述了。簡單來說，就是將田雞剝皮，入袋出售。我沒有特別震驚，可能天生是當廚師的材料，只是家母說田雞多寄生蟲，家裏從來沒有出現過。

深入魚檔會看到養海鮮的方盤，以前會看到幾粒豆卜在水面飄浮，有些魚會游過去啄幾下，當時直覺是用來餵魚，後來才知道跟減少氣泡有關。檔口前的魚枱有時鋪上碎冰，放上林林總總已經「瞓覺」的魚；小時候經過指着說是「死魚」，家母說不太禮貌，應該要說「瞓咗覺」，比較不會得罪人。有些劏好切好的大魚，會一塊塊放好，大多都是血淋淋，有時魚肉的神經仍會跳動，家母會解說是生物的自然反應。

有趣勞作：鯪魚肉釀豆卜

　　鯪魚肉是魚檔裏較為有趣的東西，因為鯪魚肉通常會堆成一座小山，能夠跟當時老師教的立體形狀做對比。買的時候魚販揭開一張透明膠布，將魚肉揰在另一張透明膠上過秤，看上去有點像一團泥膠。鯪魚肉有時用來滾湯，有時用來釀豆卜，用膠刀將豆卜對角切開，然後慢慢將鯪魚肉釀到豆卜表面。以前當成勞作來做，其實也有不少趣味，完成後看着家母煎煮，從魚檔到廚房，點滴累積飲食經驗，亦成為街市濕滑的記憶。

蕭・博・士・講・多・句

　　對比以前，買田雞的街坊已經少了很多，因為不懂烹調，甚至很少在家煮飯。我對上一次食田雞，是十多年前食煲仔飯的時候，試了試朋友點的田雞，當時感覺是有海鮮味的雞肉，現在食材的選擇更多，也未必會再試田雞了。

第四章

零食店

　　商場零食店以前算是小學生的潮流熱點，同區的小朋友無人不曉，哪天看到甚麼新產品，賣多少錢，味道好不好，很快就在小息時傳播開去。同學知道後，要不放學後直奔零食店，要不就跟家長說，其實我們很早以前就已經有「零食店關注組」。

零食店

齋燒鵝　朱古力　軟糖　醃芒果　雪條　媽味麵　冰條

　　屋邨的商場、街市都有零食店，賣的貨色同中有異，薯片、汽水、雪糕、雪條等，是一同販賣的基本種類。商場零食店通常走日式路線，因為貨源不少是來自日本，價錢相對較高，當然舖頭整齊闊落，也歡迎小朋友慢慢揀選。以前入口零食不及現時的那麼普通，在超級市場售賣的種類不多，也未有新式搜羅各國貨品的零食店，那時要觀摩外國零食，唯有到商場零食店。

那些年的零食店關注組

　　商場零食店以前算是小學生的潮流熱點，同區的小朋友無人不曉，哪天看到甚麼新產品，賣多少錢，味道好不好，很快就在課堂小息的時候傳播開去。同學知道後，要不放學後直奔零食店（我就是其中之一），要不就是跟接放學的家長說「今日小息某某同學話甚麼好食，聽日買畀我。」其實就是小型的「商場零食店關注組」。

街市零食店同樣有捧場客，有些小朋友手頭比較緊，口袋只得三兩蚊，要過過嘴癮，在街市零食店總有東西可以揀得到。記得以前兩毫子可以買粒糖，吹波膠亦只售三毫子，基本上手中只要有「銅板」都可以買到零食。街市零食店准許小朋友在外圍探索觀望，但如非必要最好不要內進；因為舖頭太迫，貨物太多，恐防會撞跌倒瀉，小朋友根本無法賠償。店家大多會用眼神示意可以走動的範圍，即使你看中店內的東西，叫店家拿出來是最好的辦法。有些小朋友的敏感度不夠高，橫衝直撞殺入中心重地，店家有時會忍不住講句「唔買就唔好睇咁耐」；究竟是「睇咗先買」，還是「買咗先睇」，小時候不免會陷入迷思。

分享零食充當「闊佬」

無論哪一種零食店，都是屋邨小孩必去的地方，當中可以分成幾類，一類是「自由奔放」型，在問准或疑似問准家長的情況下，遊走於屋邨的大小角落，自然會一探零食店，用有限的零用錢，做出無限的選擇。另一類是「家長陪伴」型，由家長帶領或是帶家長到零食店，會流露一種驕傲的氣勢；但最終決定仍然需要跟家長商量，是背靠無限的支持，作有限的決定。第三類是「幻想為主」型，不少小朋友是不能落街，也沒有實地去過零食店，唯有靠經過時的記憶，或者全憑創意，幻想自己踏入零食店，遊走在零食之中，於有限的移動距離，作無限的想像。

　　零食盛載住小朋友的兒時回憶，我們或多或少嚐過零食，當然渠道各有不同，小朋友有「孤寒」獨享的時候，也會大方跟朋友分享，在交換、分享的過程中，小朋友食過甚麼零食，是家長無法想像的。搖着轆轆食軟糖，坐在遊樂場的架上邊食冰條邊談卡通，踢完波去買雪條，跟三五朋友一齊搖媽咪麵，以前的快樂就是這麼簡單。小時候的飲食習慣一直影響我們，想食與不想食之間總有原因，回憶有時像零食，種類太多不免會失落遺忘，但只要稍加執拾整理，塵封的樽蓋仍然會被揭開。

◆◆◆ 蕭・博・士・講・多・句 ◆◆◆

　　舊式的零食店是屬於小朋友的，因為小朋友可以「話事」，再自行完成埋單的過程。新式的零食店更趨向屬於成人，店內挑選的大多是成人，小朋友的參與程度降低了很多。我仍然懷念自己拿着二十元紙幣，充當「闊佬」的時光。

啜啜彩色冰條

齋燒鵝｜朱古力｜軟糖｜醃芒果｜雪條｜媽咪麵｜冰條

讀小學時最愛食冰條，因為夠便宜，一蚊一條，而且味道不差，真的是三兩天就會食一次，而且不分冷熱冬夏，照樣可以啜得滋味。我小學是讀下午班的，返學前或者放學後會跑到零食店，向上推開雪糕櫃門，伸手入去探取一枝冰條，再關門付錢。記得最初去買的時候，因為不夠高，手伸長也只能僅僅推開門，要攀上雪糕櫃，雙腳離地用肚皮支撐，上半身完整投入雪糕櫃，俯瞰一眾冷凍食品，於冰條中揀選喜歡的味道。我最常揀紫色，提子味算是調配得最相似，沒有選擇之下會揀紅色或橙色，綠色是寧願不買也不會去踩的。

一拗一啪就食得

冰條其實是色素糖水雪凍成冰，長大後有次想緬懷一下，買來試試就覺得太甜，可能是牌子轉了，也可能是自己的口味已經改變。食冰條不得不講技巧，從頭食起的同學一看便知是初次接觸，冰條的頭十分窄，而且膠太厚，根本沒辦法咬開，即使剪開也很難啜得到。有些同學會嘗試從尾咬開，的確是比較容易咬開，但中間收縮的位置仍然很難處理。我也曾經試過不完美的食法，後來終於食出

竅門，從雪糕櫃揀選雪得夠硬的，取出畀錢立即處理，因為冰膨脹而且結實，雙手各拿一邊，用力向下一拗，「啪」一聲就會斷開。再年少的時候，不夠力拗開，向下拗的同時會用膝頭撞向中間節位，一樣可以清脆分成兩截。

冰條容易分享，踢波耍樂後，一人手拿一截吸啜，等冰條稍為融化，就可以用牙咬，將咬碎的冰塊退出來。以前在公園、球場，不少同輩小孩都會啜冰條，因為天氣太熱，活動量大，冰條降溫散熱最方便，當然食完其實還是要飲水。記得有次不知是哪位家長，得知小孩喜歡食冰條，竟然買來一人包未雪的冰條，並逐一細心為我們剪開口；我看着室溫的色素糖水，在幾乎滿瀉之際，一口啜下飲過清光，再看看其他手拿糖水的同學，眼中都有無助的疑惑。

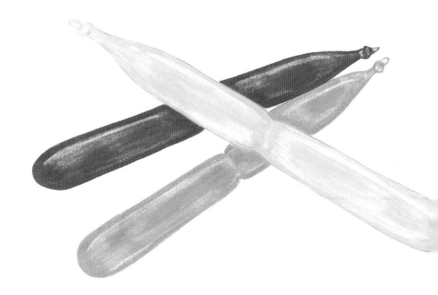

自家製啫喱冰

　　色素糖水無益，家母強調冰條是用生水製成，食完會肚痛，不鼓勵食用，所以冰條從未在家中出現，我也只能出街偷偷享受。吃不到冰條，家中也可以找到相似的代替品，就是將整包買回來的粒裝啫喱，全數放入冰箱雪成冰粒。啫喱同樣有不同顏色，同樣有色素和糖水成分，不過啫喱和水不一樣，看上去比較容易接受。啫喱的調味比較好，雪成冰之後也不會完全變硬，揭開膠紙由底向上壓，咬下去是啫喱包冰沙的感覺，軟中帶韌，韌中有碎冰，確實比冰條好味。不過啫喱無法長時間吸啜，單手拿着也不方便，加上零食店沒有這樣出售，「啫喱冰」就只能是家中的冰箱小食了。

蕭·博·士·講·多·句

　　現時打開雪糕櫃，很少看到冰條的蹤影，小朋友的選擇太多，大概沒有機會輪到冰條出場。加上現代人更講求食物材料的質量，冰條的本質很難通過家長一關。冰條曾為幾代屋邨的小朋友帶來歡樂，隨住時代變遷，冰條逐漸退出昔日的舞台。

媽咪麵搖晃

齋燒鵝 | 朱古力 | 軟糖 | 醃芒果 | 雪條 | 媽咪麵 | 冰條

是不是每位小學生都食過媽咪麵，我不敢肯定，至少當時跟我一同耍樂的朋友，多多少少都食過。媽咪麵是小朋友的恩物，記得最初賣一蚊一包，對零用錢不是太多的人來說，兩蚊可以買媽咪麵跟冰條，有得食有得飲，坐在長凳上，邊看朋友於乒乓波枱上波來波往，一整個下午很快就過。媽咪麵的包裝沒太大改變，但以前的麵餅確實比現在的大，這次跟人長大了食物好像變少的感覺無關，因為從小學開始，每隔一段時間我都會食媽咪麵，監督住味道和售價。

揸碎派 VS 細塊派

媽咪麵食法多變，以前朋友之間就出現過爭拗，究竟哪一種食法最好。我是屬於「揸碎派」的，包裝袋打開取出味粉，然後隔着包裝袋放肆地揸碎麵餅，當然也不能太碎。將味粉倒入包裝內，一手揸緊袋口，猛力上下搖晃，盡量將味粉均勻黐在碎麵上面，可以說是 Shake Shake 食法的始祖。

　　另一批朋友是「細塊派」，溫柔地將麵餅捻斷成若干細塊，再加入味粉，由於包裝袋沒太多空間，所以無法揸緊袋口搖晃，我總覺得食的時候味粉會分佈得不均勻。「揸碎派」確實是比較入味，但有些時候為求快速，用力過猛以致麵餅太碎，食到最後絲毫不想浪費，整包倒入口的時候，一堆味粉傾斜而下，最後一啖鹹得口腔也有點麻痺。當然最不幸的是倒得太快，味粉走入鼻孔，要難受好一段時間。

　　小時候在屋邨樓下玩，不是每次都能拿到零用錢，一包媽咪麵要兩三人分享，這次我買，下次你買；所以小朋友每次落街幾乎都會食到一點東西，當然也有大家乾飲水的日子。後來食媽咪麵不敢放太多味粉，放半包已經很夠味，我也在「揸碎派」與「細塊派」中取得平衡，揸碎一些，同時保留點小塊，包裝袋內空間足夠，依舊可以揸實用力搖晃，我想幾十年後自己的食法依然會一樣。記得有位同

學提過，將媽咪麵當泡麵來食，原理上是可以，但食媽咪麵就是貪求零食帶來的鬆脆，如果要當正餐，倒不如正經來個即食麵。

搖一搖沙沙聲的童年回憶

可能是因為媽咪麵太深得小朋友歡心，後來福字麵也標明自己可以當零食，在家母購入用來煮熱的前提下，我也試過當零食來嚐嚐，味道還算可以，不過麵餅跟味粉的味道，始終無法跟零食類的媽咪麵相比。不知何時開始，媽咪麵賣起電視廣告，連屋邨小孩的名物也要投入宣傳行列。

現時的小朋友已不太食媽咪麵，因為零食選擇太多，加上小朋友三五知己落街閒逛遊樂的機會不多，自己揀選零食的時間相對減少，沒有自主選擇，不受朋友影響，零食的口味自然無法培養出來。我慶幸自己有童年作伴的零食，媽咪麵是其中之一，在猛力搖晃時的「沙沙」聲中，記載着好些兒時回憶。

蕭‧博‧士‧講‧多‧句

幾十年來，媽咪麵沒有遇到同類的勁敵，依然是一支獨秀。同期有日本的點心麵，但食法完全不同，小朋友分得很清楚。現時買媽咪麵的小朋友不知還有多少呢？

雪條揀邊款？

齋燒鵝 ｜ 朱古力 ｜ 軟糖 ｜ 醃芒果 ｜ 雪條 ｜ 媽咪麵 ｜ 冰條

　　小時候的雪條種類跟現在不一樣，記得最早期是食「巨星」，雪條分成上中下三部分，上端是朱古力脆皮蘸滿彩色趣糖，中間白色是雲呢拿味，下端是士多啤梨味。實際的味道已經記不清楚，因為「巨星」消失於雪條界好一段時間，食過幾次就無法持續嚐味了。同期的還有「鳳仙」，黃色香蕉味外皮，包裹雲呢拿雪糕，中間是芒果醬夾心，小時候食這款比較多，現在會説是層次比較多，當時只不過是貪有不同材料可以食得到。通常三揀一當中還有「大腳八」，主要是雲呢拿和朱古力雪糕，一邊是整塊朱古力脆皮配碎花生，我個人不太喜歡，因為食的時候脆皮常常掉落到地上，無法邊食雪糕邊食脆皮。

幾時食要講時機

　　未曾自由落街耍樂之前，食雪條的機會不多，家裏冰箱的主要功用是擺放食材，從沒出現過備用的雪條。當時食雪條只有兩個途徑，一種是外出食晚飯後經過便利店，於特別活動的情況下產生；另一種是在家食晚飯後，一家人到樓下超級市場閒逛入貨，結帳之前，在雪糕櫃裏面挑選。以前晚飯過後其實只是八時左右，仍然流連商場的街

坊已經不多，我會更換便服穿拖鞋落樓，有些街坊早已換上整套睡衣，男女老幼，藍色、粉紅色、中式花紋、卡通花紋，幾位衫褲同色的人在商場移動，十分顯眼，但當時並不會感到奇怪。

小學三年級開始，我已經可以獨個兒跟朋友到樓下玩耍，球場、公園、平台也有我的足跡。在平台玩很難買到雪條，家母在樓上窗口間中監視，人一離開平台就要立即回家，有幾次跟朋友到便利店，飲了幾啖汽水再回家，家母開口就問去了哪裏，根本沒有足夠時間食雪條。放假時下午落街自由得多，幾小時可以行遍整個社區，飲食坐玩，節奏隨我們控制，有時第一站就是速食店，三五知己共享汽水、薯條和雞塊，食飽才走進屋邨浪蕩，消耗所有已吸收的熱量。

咬走半枝雪條的本領

開始有揀雪條自主權之後，有一段時間我迷上了食「藍鐵神」，當時賣二元半，算是比較便宜的雪條。外層是藍色菠蘿味的冰，入面是粉紅色士多啤梨味的雪糕，兩種質地和味道配合得不錯，通常是返學前食，因為食完舌頭會染上一片藍色，很容易被發現。想要簡單一點的話，會食果汁味、牛奶味或朱古力味雪條，味道單一，不會染色，而且可以很快食完。朋友間流行玩一種遊戲，尤其適用於沒有零用錢的朋友，玩法是問剛買雪條的朋友：「可唔可以咬一啖？」第一次朋友通常都會答應，打開包裝袋後整枝放入口中咬斷，大概可以咬走半枝以上，朋友們當然笑得開懷，買雪條的朋友有些比較豁達，有些也會獨自生悶氣。

　　中學時也有試過玩這種遊戲，已經不是因為貪食，而是出於有趣，通常咬過之後，會將自己的雪條跟朋友交換；因為中學生一口咬下去，四分三枝雪條會立刻轉移到口裏面。現在仍有這種大咬食雪條的本領，但要朋友一齊走在屋邨的路上，邊行邊食雪條，似乎已經是一件困難的事了。

蕭·博·士·講·多·句

　　現代人對雪條不會陌生，七十年前情況不太一樣，部分朋友確實未曾接觸過這類冷凍食物。1954年的電影《父與子》，有一幕講到小朋友蝦仔，跟爸爸到荔園遊玩，將食到一半的雪條，放入褲袋保存，最後弄得要立刻回家清洗。

醃芒果與冰菠蘿

　　醃芒果現時已經很少見，零食店賣的都變成新種類，因為小朋友的口味也隨着時間而改變；我讀小學的時候，可能已經是醃芒果走向沒落的尾聲。傳統零食店的東西真的不一樣，醃芒果以外，還有醃木瓜、馬蹄串，都是屬於醃製類的小食。小時候經過零食店會看到幾個大罌，最早期是透明的玻璃罌，客人買的時候，店家才開蓋夾出來，最常見的是馬蹄串，一整串連竹籤串起幾粒馬蹄，醃製於糖醋之中，當時覺得好像科學標本。後來換成紅蓋的玻璃罌，罌縮細了不少，但在零食店仍然可以看到。因為馬蹄串的售賣方式，我始終未有試過，小時候實在不敢貿然叫店家做任何售賣以外的事，免得要看額外的面色。

門牙食法女孩不會懂

　　醃芒果、醃木瓜通常已經夾出來，個別放在透明膠袋裏面，當時賣一蚊一件，我最常食的是醃芒果。同輩的朋友好像都沒有食醃芒果的經驗，我也有試過推介，朋友們都耍手擰頭，我只好獨自買來享受。醃芒果是由未熟的芒果製成，浸泡後稍微變軟，甜酸的味道很開胃。食的時候要用門牙將肉從核的外殼刮出來，不免尷尬，女孩子當然不會食，男孩子也未必懂得欣賞這款傳統小食的味道。

這類醃製零食，幾十年前就已經出現，1950 年代大眾睇戲、行街「過口癮」，會於街邊小食攤販買醃芒果、馬蹄串，當時還有醃蘿蔔、醃楊桃，都是將平價的食材轉化成零食。以前零食會分門別類，放入不同的無蓋圓形闊口玻璃缸，買幾多夾幾多，方便快捷清楚。後來衛生意識加強，街邊的小販減少，容器都換成有蓋的，不變的是容器的透明外觀，用來吸引經過的路人。

冰凍罐頭菠蘿考心思

冰菠蘿出現的原理差不多，同樣是將水果稍微轉換為零食，當然冰菠蘿是後期才出現，至少是在雪糕櫃普及化之後。冰菠蘿製作十分簡單，用透明小食膠袋，加入一塊罐頭菠蘿，有些舖頭會加點浸菠蘿的糖水，然後摺好封口。封口的方法分成幾種，摺好用釘書機釘兩下的方法最為普遍，也有店家選用比較長的膠袋，開口往下一反一摺，放得整齊就可以不用釘。後期有舖頭用封口機「啤實」，當然就更易存放，不怕糖水漏出來。

冰條流行了一段時間，後來冰菠蘿霸佔了小孩冰品的第一位，相比之下味道要自然得多，加上小朋友大多都愛食罐頭菠蘿，大熱也不是沒有原因。冰菠蘿另一賣點是方便，可以邊行邊食，試過有朋友買了之後，但急於落場踢波，回來後凳上的冰菠蘿變成凍菠蘿，但仍然食得滋味。

有時在家想食冰菠蘿，也會到超級市場買罐回來，原罐放入冰箱，當然事前要得到家母的批准，騰出冰箱部分寶貴的空間。菠蘿整罐食當然豪邁，但逐片分裝來雪才能冰得透徹，我在家當然不會嘗試挑戰，有些事即使你知道原理如何簡單，也要看清形勢才選擇做與不做，這是我在食菠蘿時所悟出的人生道理。

蕭·博·士·講·多·句

　　醃芒果這類傳統零食，已經步入歷史，成為大眾緬懷的飲食片段，我有幸小時候試過，回憶中多了酸甜的一筆。冰菠蘿其實一直都在，只是藏在罐頭裏面，未有轉變成小朋友手上的零食。我還是找天買罐回來，重溫小時候冷甜的舊夢吧！

咀嚼軟糖世界

齋燒鵝　朱古力　**軟糖**　醃芒果　雪條　媽咪麵　冰條

以前常食零食店的軟糖，一小包五粒，每包一元，還有香蕉糖、鞋帶糖，是店家批發買來一大包再自行拆分，小朋友拿着幾元，左挑右揀，可以買到好幾款。我第一款食的是可樂糖，是家母買回來的，一直到現在仍然會買。可樂糖是軟糖中的基本款式，可樂樽的形狀很易認，上半是淺啡，下半是深啡，呈現可樂被飲到一半的狀況，製作毫不馬虎。小時候會先咬上半樽，因為味道比較淡，然後再食味濃的下半樽，算是現時食壽司由淡味到濃味的概念，當然濃味過後又回到另一粒的淡味上半樽。

酸砂開胃一次食多粒

後來軟糖食多了，喜歡食有砂糖鋪面的，咬下去「沙沙」聲，較少黏膩的感覺，可以一次過多食幾粒。家母買的通常沒有砂糖，說砂糖不健康，所以唯有自己去零食店買。砂糖後來也有分兩種，一種是「甜砂」，屬於最開始食的一種；另一種是「酸砂」，後期才出現，有一期於小學界十分流行。個人覺得「酸砂」比「甜砂」略勝一籌，因為酸味開胃，一次過再多食幾粒，都不會有太甜的感覺，只是手中的軟糖沒剩幾粒，不夠延續下去。

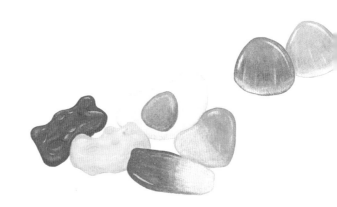

　　家母喜歡食鞋帶糖，一條幼長條形確實似鞋帶，黑色可樂味，紅色士多啤梨味。無論是哪一種我也不喜歡，因為長條形吃起來不方便，加上鞋帶糖的質地不夠軟，很多時候會「攝」在牙罅中間，麻煩而且食得不暢快。後來多番跟家母表達個人想法，一段時間過後家母買回來的軟糖變成「粗帶」或「扁帶」，兩款都已經一段段切好，外面鋪上砂糖，味道有所提升，不過質地還是可樂糖比較好。

我喜歡的另一種軟糖是香蕉糖,咀嚼時確實有香蕉味,當然也是化學香料產生的作用。香蕉糖的質地類近棉花糖,走軟綿的路線,香蕉形的糖表面也是鋪滿砂糖。早期買的時候,整條都是黃色的,後來有朋友說食過另一種,是半黃半青色的,聽後我刻意在附近的零食店找。有次終於找到一包,味道確實有點不同,整條黃色的朋友間稱為「熟蕉」,純香蕉的甜味到底;半黃半青的叫「生蕉」,甜中帶酸,模仿半熟香蕉的生澀,不得不佩服製作的心思。

　　軟糖是容易分享的食物,生蕉換熟蕉,粗帶換可樂,能吃的通常不止一種。超級市場有不同包裝的軟糖,不過朋友間很少出現;因為包裝軟糖通常是跟家長一齊買,而散裝軟糖是自己用錢買(雖然零用錢都是來自家長),自主性就完全不一樣,像是屬於自己的財產,交換時流露出個人的喜好和風格。

　　長大以後較少走入零食店,有時想食軟糖,會找機會到葵涌廣場,因為地下有夾軟糖的舖頭,應該是全港散買軟糖最平的地方。軟糖的種類多不勝數,在儲物櫃一樣的膠架中,一格格的分類放好,有多種生果的形狀和味道,粗中幼闊都可以買到,每款隨意買多少,全依個人的選擇。可樂糖會隨手夾十數粒,還有比較少見的「大可樂」,闊度是平常的好幾倍,不過比較扁平,像壓扁了的可樂。成年人食軟糖,會換來各種評論,如果軟糖被視作小朋友的零食,那麼我也樂意成為仍有童心的「大細路」。

文·學·講·多·句

　　糖果類的禮盒以前常用於送禮，力
匡（1927-1991）1953年的小說〈沒有
陽光的早晨〉提到兩種。故事講主人公
到元朗探望朋友，特意到糖果店買「富
麗斯」朱古力，刻意說明裏面有果仁，
另外還買了瑞士糖和英式什餅，三種糖
果和餅食現在仍然常見。

延伸閱讀：力匡，〈沒有陽光的早晨〉（收錄於《長
夜以後的故事：力匡短篇小說選》，2013年）

朱古力風雲

一年之中，朱古力最常現身的必定是新年時候，朱古力金幣、各式盒裝朱古力，在自己和親戚家中出現，有時停留，有時轉送，要等新年過後才知道哪一盒「有得留低」。成年人喜歡財富、金光閃閃是一回事，不要假定小朋友都愛食朱古力金幣，我食兩片不是問題，不過有時硬塞給我，內心也不見得高興。

假金幣難掩科學合成味

不是因為我富貴所以挑食，而是朱古力金幣也要講產地（似乎跟真金幣一樣），有些外國造的朱古力，味道溫順可口，明顯是可可脂的含量較高，完全可以多食幾片。有些產地不明的，建議大眾不要「入手」，撕開金色錫紙露出暗啞深黑的朱古力，目測之下已經不對勁，放入口是一陣科學合成的味道，能不能稱作朱古力，要看標準定在哪裏。這種朱古力我一般不會自用，拿過後再分給朋友，有些朋友食得開心，有些跟我一樣揭開看看就轉遞給另一個，我們會統稱為「假金幣」。

眼鏡朱古力噱頭十足

　　「假金幣」通常只會於新年前後出現，至於平日食到的朱古力當中，我最早接觸的是眼鏡朱古力。眼鏡朱古力是以眼鏡為模板，但其實更似粗體的「8」字，筆劃的地方釀入了彩色的朱古力豆，一邊用透明膠托盛載住，另一邊用錫紙封好。食的時候逐粒用手退出來，有時大意拿不穩，就只能少食一粒。眼鏡的兩邊有細孔，可以綁上橡筋掛在雙耳，變成可以戴的小道具，不過通常都只會試戴頭一次，因為真的不怎麼似眼鏡，反而類似蝙蝠俠反派「謎語人」的眼罩。

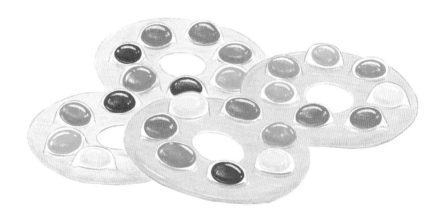

聰明仔食聰明豆

　　同樣是朱古力豆，筒裝的聰明豆完全將眼鏡朱古力比下去，一來味道比較好，二來數量比較多，三來拿取的方便很多，開蓋倒出來就可以食。當時小朋友間流行一句「聰明仔食聰明豆」，以前以為是同學之間的自創句子，後來才知道又是來自電視廣告。小時候看朋友食聰明豆，也可以看出不同性格，「溫文型」會逐粒食、「豪爽型」會倒出幾粒一次過食、「粗暴型」是打開蓋就直接傾倒入口；還有一種是「失魂型」，忘記蓋上就整筒反轉灑滿一地，這種情況也並不罕見，我們在樓下遊逛的時候，不時會經過案發現場，只能替「失魂」的小朋友大感惋惜。

　　後來的熱門款式要數到包裝熊仔餅，現時仍一直流行，還衍生出不同的味道和版本。記得在熊仔餅之前，有段時間是食另一款朱古力餅，同樣是朱古力餡的脆餅，不過是橢圓形的，上面也印有熊貓圖案，味道也調合得不錯。曾經紅極一時的，還有朱古力橡皮糖，是當時小學界的「潮物」，能夠帶上一包一筒，小息總有同學來請求分享。朱古力橡皮糖售價比較貴，印象中小包也要七、八元，一筒的要十四、五元，當時一份午餐不過是廿多元，真的不算

便宜。學校小食部沒有出售,感覺上更難得到(不是每個小朋友都可以落街玩);朱古力包住橡皮糖的製法未曾見過,加上同學間的炫耀和吹捧,我也是回家「跪求」家母,才能入手一包,嚐過之後,回校小息就有了「圍爐」的話題。

　　朱古力不單是零食,有時工作太忙,也會食朱古力豆來補充熱量。赤瀨川原平(1937-2014)寫的〈巧克力球〉,回憶自己十九歲時的貧窮歲月,跟朋友到麵包舖偷方包,順手將整個玻璃罐的朱古力取走,從品嚐到後來用作充飢維生。

延伸閱讀:赤瀨川原平,〈巧克力球〉(收錄於《哎,吃什麼好呢?:空腹少年美食奇想錄》,2020年)

齋燒鵝與鱈魚絲

冰條	媽咪麵	雪條	醃芒果	軟糖	朱古力	齋燒鵝

　　家母喜歡食齋燒鵝,這應該跟她的飲食經歷有關;以前家景不富裕,買零食也不是容易的事,可能是這個原因,等到有能力的時候,會多買一點來補償。我完全理解,小時候不夠錢買的零食,長大後都會放肆食個不停,例如一次過食一筒朱古力橡皮糖、邊看電視邊食半筒薯片、毫不節制夾一大包軟糖等等。我跟隨家母的口味,也喜歡食齋燒鵝,以前是家母到肉乾舖「斷磅」買,現時我行街見到,也會買些回去孝敬她。

機製齋燒鵝炸得太乾

　　齋燒鵝要好食不容易,我與家母時常邊食邊批評,「炸得太乾啦」,「麥芽糖唔夠呀」,你一言我一語,不知不覺在上品味的課。齋燒鵝用麵筋炸成,大火細火,是濕韌還是乾脆,全靠經驗,有時同一家的出品也會有不同,因師傅和心理而起變化。個人覺得多放麥芽糖比較好食,不過每家做法不一樣,最終還是要試過才知道是否適合自己。

　　小學時，有不少同學都愛食齋燒鵝，撕開獨立包裝的齋燒鵝，自然有中式的香料味滲出來。我不太喜歡這種機製的出品，通常都炸得太乾，或者是因為要長期保存的原故，太濕會容易「發霉」。有人説脆的是齋雞粒，韌的是齋燒鵝，我活了幾十年也從沒分辨出來；顏色深淺是有不同，但無論雞粒還是燒鵝，都一樣是乾得離譜，是做法差劣，而不是種類的不同。

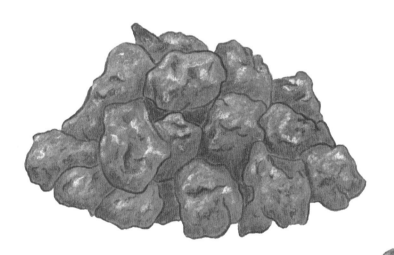

紅燒魚柳不時會跟齋燒鵝同時出現，以前小食部有賣，食的同學不多。零食店不見得有得賣，即使是較舊式的舖頭，有時都只有齋燒鵝，沒有紅燒魚柳。以前要找紅燒魚柳還可以到超級市場，後來都逐漸退出舞台，要到肉乾舖或舊式零食批發店，才能找到紅燒魚柳的蹤影。我小時候食過幾次，只記得很難咬斷，要咀嚼一段時間才能吞下，味道已經不太記得，因為通常食一兩條就會放棄。

一不留神扯出大半包

　　同樣是以魚命名，鱈魚絲被大眾認知的程度要廣泛得多，因為易咬易吞，乾淨不沾手，輕身易收藏，一度受到家長的青睞，小息時不少同學都以鱈魚絲作為零食。能花費零用錢的同學，有不少會揀上鱈魚絲，可能是看上一包多條的包裝方法，既可分享，也可以自己逐條品嚐。

　　有些零食店會出售鱈魚片，即沒有切成條，朋友間的分享會因而受到影響。鱈魚片大家可以撕開來食，不過撕下來的面積大小比較難掌握，有時旁邊分到的比付錢買的朋友還要大片，很容易起爭執。鱈魚絲確實是比較容易分，三條四條，一手執下大概不會錯。問題是鱈魚絲重疊交錯，試過有朋友於籃球場，拿着四條一抽，扯出大半包鱈魚絲，大家一時不留神，其他都掉到地上，無從援救。有人嘗試盡快執起，吹兩吹當無事照食；有人趁機悄悄取走一條，嚐過便算，更多是見勢色不對，拍拍籃球繼續射籃，我通常站在旁邊「食花生」，因為很多時自己正在專心咀嚼其他零食。

◆·蕭·博·士·講·多·句·◆

　　幾十年後，齋燒鵝會不會逐漸息微，步入歷史，實在說不準。零食同樣會出現斷層，當然要有後續才能叫斷層，否則就變成消失的回憶。新一代有多少人認識齋燒鵝，我無從考究，或者要等到我們找不到，要去緬懷的時候，才能知道。

第五章

茶樓

　　屋邨茶樓，很多時會給人殘舊、「地踎」的感覺，這種看法不完全錯，因為有些屋邨茶樓廿幾三十年無翻新，仍然屹立不倒已經很夠運。以前茶樓設計講求氣派，一樓有不少走動的空間，用來展現茶樓的奢華。在現時地方用盡、錢銀賺盡的概念下，根本沒可能有這種格局。

茶樓

千層糕　煎堆　啫喱糖　雞紮　糯米雞　煎蘿蔔糕　叉燒包

屋邨茶樓，許多時會給人殘舊、「地踎」的感覺，這種看法不完全錯，因為有些屋邨茶樓廿幾三十年無翻新，仍然屹立不倒已經很夠運，也可能沒有閒錢大裝小補，若然上報商場要做工程，恐怕會觸動管理機構的神經，到時翻新計劃已經不在茶樓的預計之內，如何一發不可收拾，看看新聞不難找到例子。

佈局分明顯氣派

屋邨茶樓剛開業的時候，亦曾經風光華麗，當時茶樓是整個商場最大、最靚的地方，以前茶樓設計講求氣派，一樓有不少走動的空間，用來展現茶樓的奢華。在現時地方用盡、錢銀賺盡的概念下，根本沒可能有這種佈置，設計師應該會終生不再被錄用。

　　一樓是燒味部、外賣部和工作間。大門對正上二樓的雲石樓梯，空間極之寬闊，四位成人邊說邊走，可以並排上樓，旁邊是金色反光的扶手，不時有姐姐用拋光的噴劑抹刷，樓梯邊緣也鍍了金邊。天花是一大盞多層水晶吊燈，照得整個大堂金碧輝煌，比現在市中心的茶樓要華麗得多。一進二樓是訂酒席的地方，小時候從未試過入內坐，不知道經理在忙甚麼，只見他執執文件，拿幾張紙，又放低去揭一下訂枱的簿，來來回回，好像從未見過他做實事；有客人坐低詢問，經理永遠指派副經理過去，職場生態、「扮工」技巧我從小已經看在眼裏。

中央廣播成絕響

　　左邊一排是家用電話，用來免費給茶客聯絡。以前未有手提電話，固網電話已經是最方便、先進的聯絡工具，家長叫小朋友起身落樓食飯，或者小朋友等到位叫家長動身，家家情況各有不同。有時家長三五知己即興嘆茶，小朋友回家不見父母，會懂得打電話到茶樓「搵人」，我也試過不少次。接通後有收銀姐姐或侍應哥哥接聽，然後直接報上對方名稱，在音樂聲中等候。幾分鐘後，要找的人會出來接聽，或者會以一句「無人聽」作結。

飲茶期間不時會聽到中央廣播,「凳凳凳登,陳大文先生請聽一號線,陳大文先生,登凳凳凳」,小時候常常模仿,說話咬字就是這樣練習回來。比較正常的稱呼有「李美美小姐」、「黃小明小朋友」,比較奇怪的有「聾耳陳」、「喪彪」,我們一家會留意有沒有人衝出去,最後竟然是有的。有時來電的小朋友太天真,沒有說出家長的名稱,就會聽到「李太二線」,於是幾個李太同時出去,聽完再遞給另一個,直至找到真正的目標人物。

經典標記金龍金鳳

　　一望到底的大廳十分開揚,的確可以連開幾十席,枱與枱之間茶客往來,停下來跟街坊打招呼「吹水」幾句。小朋友三三兩兩跑來跑去,通常是從家長手中拿到零用錢,奔跑去買玩具、零食、公仔書,或者「扭卡」、「擲玩具」。飛奔的腳步和心情我十分清楚,因為在家長「多方會談」期間,旁聽的小朋友早已「悶到發毛」,有佛心家長掏出一張廿元紙幣,吩咐自家孩子跟一眾同枱小朋友去玩樂分享,心情怎會不興奮。家母常說「行,唔好跑!」,我是比較聽話的,通常其他人「一支箭」跑走,我大概快行十多步,行出家母視線範圍,再極速追上同枱的小朋友。

小朋友在茶樓不免沉悶，有時親戚過來探訪，十多人坐滿一張大枱，就有機會坐到主家席，後面是金龍金鳳，基本上是以前的茶樓必備。龍鳳兩眼是紅色的小燈泡，有時經過會去摸摸龍爪和鳳尾，心中多少有點敬畏與好奇。中學時到茶樓，樓梯扶手的金漆變啞，沒有看到抹刷的姐姐，地氈濛蝕累積的塵灰，整排固網電話已經拆去，聽到的只有「職工頭圍用膳」、「職工尾圍用膳完畢」。我有時還會伸手摸摸龍鬚，後來茶樓易手裝修，龍鳳雙雙回到自己的家鄉。

蕭・博・士・講・多・句

以前的茶樓比現在的要有生氣得多，雖然危機處處，但街坊照樣流動往來，從長輩到小孩，認識不認識，多多少少有接觸和交流。當然，是好是壞，愉快不愉快，因人而異，或者茶樓的人性化和不穩定，正正是它的可愛之處。

中西叉燒包

叉燒包　煎蘿蔔糕　糯米雞　雞紮　啫喱糖　煎堆　千層糕

　　叉燒包是以前上茶樓必點的點心，因為有包有肉，很快飽肚，可以少叫兩籠點心；加上可能怕街坊會「跳槽」到另一家茶樓，以前的叉燒包通常不會太難食，大多維持一定水準。我也愛食叉燒包，軟綿的外皮，濕潤甜香的叉燒，如果兩樣都做得出色，確實是包點中的皇牌。後來叉燒包的水準越來越差，可能是因為包點的選擇增加，大眾未必以叉燒包為首選，地位動搖了，水準自然浮動，現時有些酒樓的叉燒包又扁又細，餡料是濃稠的醬料加點叉燒碎。這種質素的叉燒包，食客試過之後未必會再點，形成需求降低、水準下滑的惡性循環。

西式變種無得輸

　　以前上茶樓食點心是值得期待的節目，記得家母講過，小時候的她跟隨長輩到市區飲茶，幾個月才會有一次機會，大家都珍而重之，食個叉燒包已經足夠開心一整日。1950、1960年代，不少文學和電影都有叉燒包的記錄，出現的頻率相當高，可以反映當時叉燒包的普遍程度。

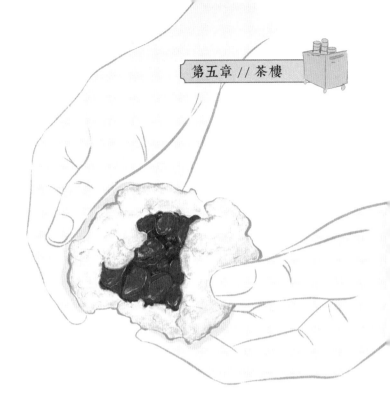

電影《父母心》（1955 年）中的小朋友志威，跟家人到茶樓飲茶，大聲提出要食叉燒包，相同的情境，在以前的小朋友身上不知重複過幾多次。

　　後來叉燒包出現了西式變種，酒樓大力推介「叉燒餐包」，手推的餐車有賣，侍應也不時用鋁盤載着，走遍茶樓全場叫賣。餐包是西式的做法，後來延伸到茶餐廳，再進一步殺入茶樓，為茶樓帶來包點的創新轉變。餐包用焗爐烤製，表面掃上一層糖水，焦香甜美，小朋友尤為喜歡。小學時放學回家，有時會見到枱上有裝了食物的白色膠袋，是家母於茶樓飲下午茶後帶回來的。膠袋裏面通常是叉燒餐包，因為易夾易攞，不會壓爛出水變形，我從來沒有食厭拒絕，食不完可以留到明天做早餐，可以説是「無得輸」的包點。

　　叉燒餐包於茶樓闖出名堂，後來麵包舖也逐漸有賣叉燒包，而這種叉燒包其實就是叉燒餐包的放大版；商機令中西飲食文化兜來轉去，融合過後再流傳開去。不過麵包舖的叉燒包一般都不好食，一來叉燒餡做得不好，二來麵包變大的，皮厚減少了焦香的程度。麵包舖的出品反而適合家長，於不上茶樓的日子，都可以買到西式叉燒包，入店順手一夾，早餐或下午茶瞬間準備好。

　　看着麵包舖的叉燒包，有時不知道該說甚麼，不是好食，也不是不好食，卡在中間反而叫人無所適從。想食茶樓的叉燒餐包，但家母不一定上茶樓，上茶樓也不一定遇到；外賣點心部更是講求運氣的地方，倒霉的時候可以「叫乜無乜」。最後還是沒有刻意說明兩種叉燒包的分別，免得家母說「有得食就唔好咁揀擇！」；所以有次我鼓起勇氣說：「我都係鍾意食雞尾包同腸仔包。」直接將叉燒包一類於包點的清單上剔除。

中式叉燒包依然站得住腳，反而茶樓很少看到叉燒餐包，更多改換成菠蘿叉燒包，後來有雪山叉燒包的出現，都是取材於港式麵包舖。茶樓跟麵包舖互相參考不失為好事，確實創造出一些新款包點，味道也融匯得好。

即煎蘿蔔糕

千層糕　煎堆　啫喱糖　雞紮　糯米雞　**煎蘿蔔糕**　叉燒包

　　煎蘿蔔糕當然好食，煎得夠香尤其惹味；小時候到茶樓，常常會提議點煎蘿蔔糕。家母自小學識造蘿蔔糕，由揀蘿蔔開始，刨皮、磨絲、炒臘味、開粉、燒柴、蒸糕，一手包辦，所以茶樓出品的，哪裏有欠缺，哪邊出問題，一看一夾一嚐，就能精準分析。在專家面前我只需聆聽學習，沒有開聲辯論的餘地，同時報以懇切的眼光，大概每三次會有一次成功；獲得家母批准後，我拿着點心卡尋找煎蘿蔔糕的點心車，簡稱「煎糕車」。

煎糕車滿載大笪地風味

　　「煎糕車」已經消失好一段時間，最開始是統整歸入了美食區，家母稱之為「大笪地」，煎糕、煎腸粉、煎釀三寶、油菜、炸雲吞、皮蛋瘦肉粥、炒麵、炒米，通通可以在大笪地找得到，裏頭的姐姐各佔山頭，各展所長，生手熟手，一眼就看得出來。後來大笪地兼賣點心，行駛穿梭的點心車就越來越少了，可能是因為安全問題，始終有不少小朋友亂奔亂撞。另外就跟人手成本有關，以前一人睇一車，客多客少並不平衡，倒不如大家歸入大笪地，有工作一齊分擔，五人做七人的工作，怎樣計也比較划算。

之後茶樓的大笪地也慢慢淡出，變成電腦化劃紙點單，點心車從此退隱江湖。以前的煎糕車很有趣，底層加熱煎煮，上面兩層放蘿蔔糕、芋頭糕、馬蹄糕和腸粉。姐姐通常在底層早已加熱部分糕點、腸粉，食客一點就推到中間猛油快煎，再從上面補一些到底層的後面預熱。這種即時烹飪的過程十分吸引，完全可以比擬西餐廳枱前煮血鴨的過程，以及中菜師傅即席將鴨片皮的表演。我自小在煎糕車旁邊看得入迷，這也是我堅持要食煎蘿蔔糕的原因，可以從中了解姐姐處理食物的次序和方法。

小朋友啞忍「搶糕」之苦

有時家母覺得蘿蔔糕料太少，會吩咐我每種糕叫一件，剛好三件。以前煎糕的配搭很自由，不同組合都可以，對食客來說當然好，可以一次試盡三款糕點。小時候到煎糕車會遇到各種危險，不適合行太近，家母多會陪同左右，到小學五、六年級才獨自去拿取糕點。另一種是不敵被街

坊「搶糕」，不知道大人是有心還是無意，不時無視小朋友一早已經點好，待姐姐煎好遞出的那一刻，大人立即從高處伸手接過。小朋友出聲，大人通常狡辯，説自己先到等等編出一大堆謊話。小朋友不出聲，有時接二連三輪不到自己，我試過等了一段時間，只好垂頭喪氣地回去。

　　姐姐永遠站在小朋友的對面，小時候當然不明白，長大後就知道不難理解。因為得罪小朋友總比得罪大人好，小朋友通常啞忍，出聲也不會有人支持；成年人就不同了，一不順意就謾罵投訴，可能會連累工作。現在我雖然已是大人，仍然無法接受這一套，當下的我依舊未必會出聲，但要在待遇不公的食肆用餐，我是完全無法接受的。在煎糕車旁邊的我，今天依然一樣。

文・學・講・多・句

　　過年食蘿蔔糕，有多重意義。台灣作家林文月（1933- ）在〈蘿蔔糕〉記錄煮食時候的人和事：整蘿蔔糕是個人口味的堅持，是家庭聚會時熱鬧的標誌，是兩代人烹調手藝的傳承，是食材配搭的計算，是情味融和的分享。

延伸閱讀：林文月，〈蘿蔔糕〉（收錄於《飲膳札記》，1999 年）

糯米雞與珍珠雞

千層糕｜煎堆｜啫喱糖｜雞紮｜**糯米雞**｜煎蘿蔔糕｜叉燒包

　　印象中，茶樓很少重點推介糯米雞，因為糯米雞飯多料足，成人食一隻已經夠飽，小朋友大多只能吃四分之一，食客一下子食飽，順帶會影響其他點心的銷路，錢賺少了，當然不划算。上世紀五十年代，糯米雞受茶客愛戴，因為當時社會的經濟環境差，不少市民每日為生活擔憂，口袋有個餘錢上茶樓，當然希望「抵食夾大件」，美味之餘夠飽肚，糯米雞是最適合的選擇。以前茶樓多，店家要出盡辦法爭客，鬥平鬥新鬥大件，各有招數，吸引要求不同的茶客，糯米雞、雞球大包一類點心份量大，能吸引消費力相對一般的茶客。

隻雞大縮水　售價卻高企

　　舊時有些茶客最緊要食飽，味道反而是其次，但求過過「茶癮」已經心滿意足。現時的茶樓仍然有為口奔馳的打工仔，午飯時間「三扒兩撥」，飲啖茶歇一歇又再繼續拼搏。小時候飲午茶，正午十二時左右，八人十人一隊隊進駐大枱，這邊舉手，那邊叫「阿姐寫嘢」，侍應跑來跑去，我就知道差不多要返學了。以前的屋邨小孩有飲午茶的機會，返上午班的，家長接放學後就會一起到茶樓。相反，我返下午班就是食完午餐後，隨家母到學校，然後在閘口揮手講再見，揹住書包跑入去集隊。

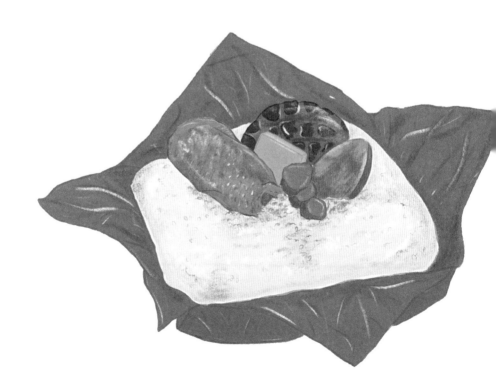

　　過去糯米雞的優點，現時反而變成缺點，但糯米雞的配搭依舊吸引到不少食客，店家沒有放棄糯米雞，只是改換為「迷你」版的「珍珠雞」。珍珠雞是糯米雞的縮水翻版，不過雞件、火腿、冬菇等大件食材一併去除，只剩下醬汁、肉碎煮成的汁料，有時會有丁點鹹蛋黃。珍珠雞的成本降低了很多，份量也符合精緻的標準，但售價並不便宜。

食糯米卷易黏住隻牙

　　我喜歡食糯米雞、珍珠雞，不過後來糯米雞不包括在大、中、小、特、頂、超點裏面，在餐牌明碼實價標寫出來。糯米雞的價錢沒有跟隨飲茶時段浮動，一隻要收二十多元，當時小點只是六元左右，家母當然不會點，後來買回家的糯米雞，是冬菇亭中茶檔的出品，一隻賣十多元。珍珠雞也不常食，因為是大點，中、小點的點心選擇已經夠多，很少有機會輪到珍珠雞。

　　同樣是糯米製的點心，家母較常點的是糯米卷，就是蒸包的皮包住糯米飯，裏面加了些臘味、炸花生和芫荽。我對糯米卷的印象一般，薄薄的外皮時常黏在門牙後面，要飲茶才能沖出來，十分麻煩。有些茶樓處理得不好，籠蓋的「倒汗水」滴濕外皮，變成濕透的爛紙一樣，要用手撕開才能食到糯米飯。相反，翻蒸的糯米卷外皮已經不再濕潤，再翻熱上枱時，外皮乾得剝落粉碎，給人留下不好的印象。

　　隨着冷凍食物的技術發展，現時很多茶樓的點心，都是中央工場機製處理。甚至食糯米雞、珍珠雞已經不用上茶樓，自己買回家蒸熱、「叮熟」都十分方便。有次打開茶樓的珍珠雞，入面的糯米飯是完美的長方體，差點以為是「土炮」式的分子料理；現在要食手工點心，真的要花點時間，到傳統的舊式茶樓。

蕭・博・士・講・多・句

　　糯米雞的味道可貴在於人性，記得以前家母買回來的糯米雞，包裹的餡料時有轉換，火腿、叉燒、雞球、雞翼都是替換的主角，每次打開都有驚喜。包裹的鬆緊程度剛剛好，鬆而不散，人工的手勢不是機械能夠比擬的。

包啲乜雞紮

千層糕　煎堆　啫喱糖　**雞紮**　糯米雞　煎蘿蔔糕　叉燒包

　　不要小看課堂間的小息，時間雖然不長，但資訊的流量十分大，在未有上網而且電腦未普及的年代，小學生的知識很多時都靠口耳相傳，卡通、零食、潮語、粗口的資訊流傳得極快極廣。有時自己聽了，「貪得意」邊記邊講，總會得意忘形爆出一兩句，家母必定皺眉責問：「喺邊度學返嚟？」其實不用問也知道，只是家母想抽出是哪一些同學，要我疏遠一下。小學時沒甚麼疏遠的概念，一班同學十個八個，「圍爐」後就是談天說地，話題毫無前後邏輯可言。根據非正式的統計，同學的飲茶話題最常提到蝦餃、燒賣、啫喱糖、芒果布甸，而「雞紮」兩個字從未在他們的口中傳出過。

練好筷子功　夾到心頭好

　　同學沒有講出口，可能只是心中排名不夠高，不代表飲茶時未食過，當然可能是小朋友不喜歡也說不定。若問我意見，小時候必定先排啫喱糖、蘿蔔糕、炸蝦角、奶黃包，如果依我的餐單來點，直至食飽，雞紮也沒有機會上場。不過家母時常點雞紮，幾乎每次都點，後來漸漸發覺雞紮

有獨特的吸引之處。家母點雞紮肯定跟她小時候飲茶的回憶有關，到成年後依舊有種味道上的懷念。小時候的我並沒有懷念不懷念，只要好食就可以，雞紮由腐皮包裹住雞肉、火腿、魚肚，這是我最喜歡的配搭，所以在某程度上，我也是愛食雞紮的。

　　一籠雞紮有兩件，怎樣食也要講策略，四種材料不會一下子夾到自己的碗裏面，會將食材在碟上分散，再各自夾想食的東西。第一個夾的人，要將腐皮打開或者整件扯起，極考筷子功夫；有時能夾起腐皮開口處，夾實向上拉，中間的三種食材一齊跟着旋轉，直至腐皮完全拉出，稍一不慎，中間的食材會滾到碟的外面，架勢盡失了；有時開口向下，家母會直接用筷子在上面將腐皮破開，大家就可以夾入面的材料了。落手的機會要看準，如果跟其他人夾着同一塊，會極不好意思，加上當時年幼手短，根本沒有

爭的餘地，唯有看準時機，等腐皮剛打開的一剎那，大叫「我要食火腿！」家母自然隨勢將火腿夾到碗裏面。如果火腿沒有在我夾的時候大意掉落地上，我確實有充足的時間慢慢享受。

　　小時候覺得有些茶樓「唔生性」，將火腿換成芋頭，雞紮上枱的時間就已經看到，要趕快轉移到第二款食材。腐皮、魚肚吸滿魚、雞的精華，一般不會難食，除非腐皮太乾、魚肚變壞。雞肉也不容忽視，以前點心師傅用心醃製，入味之餘，能辟去雪藏雞肉的雪味，加上整件無骨，滑溜多汁，能稍為彌補沒有火腿的缺失。後來見過腐皮裏面包着整隻雞翼，真的欲哭無淚，不是雞翼有問題，只是過不了自己的心理關口。豬肚也會有代替魚肚的時候，但是豬肚通常很硬，而且無法鎖住湯汁，同樣叫人大失所望。那時曾經想過，如果有一日碰上的雞紮，是硬腐皮包住雞翼、豬肚和芋頭，我不知道其他人的想法，對我來説，一定是飲茶史上極為黑暗的一日。

蕭博士講多句

　　飲茶叫點心，也大概可以將食客依年代區分。年輕一代很少會點潮州粉果、鮮竹卷和雞紮，即使同枱飲茶，自以為點了就會有人食，誰不知其他點心已經食完，剩下傳統的幾款，只有我一人奮鬥，邊食邊感傷自己年華的老去。

遮遮啫喱糖

千層糕　煎堆　啫喱糖　雞紮　糯米雞　煎蘿蔔糕　叉燒包

　　以前茶樓有幾款凍食的甜點，啫喱糖、芒果布甸、椰汁馬豆糕、馬蹄糕，四款家母都會整，所以在茶樓食到的次數，比在家中食的少很多。啫喱糖是當中最容易整的，買啫喱粉、魚膠粉，計算好份量加水煮溶，倒入容器攤凍放入雪櫃就完成，食的時候切成喜歡的大小形狀就可以。大部分飲茶的小朋友，食啫喱糖的次數應該比我多，家母一年大概會批准點三兩次，通常是她跟朋友飲茶的時候，我有意無意跟旁邊的朋友說：「嘩，有啫喱糖呀！」朋友通常會率真回應，然後跟家長説自己的發現。

遮仔其實更吸引

「發現」的時刻要掌握得精準，不能太早，因為正餐還未食，任何甜點都不可能出現在枱上。當然也不能太遲，如果家長們已經開始收拾東西準備起行，即使說發現第二個太陽，也無法改變他們回家的決心。所以要在正餐食完後過一小段時間，家長們已經聊開了話題，進入持續傾談的忘我狀態，這時候就最適合了。當小朋友的「發現」打斷了家長的話題，而家長又想延續下去，會較大機會滿足小朋友的小小慾望，然後問：「係咪想食呀？」旁邊的朋友點頭，我也緊接着跟家母說：「我都想食！」家母閃過極微小的不悅神色，然後也會笑着答應。

茶樓的啫喱糖顏色比較多，食肆的雪櫃大，方便大量冷藏，加上要賣錢，多些顏色自然吸引。另外更富標誌性的裝飾自然是那把插着的「遮仔」，「遮仔」是由紙和竹籤製成，「遮身」是不同顏色的紙，印上各種圖案。部分小朋友是喜歡食啫喱糖，更多的是被「遮仔」吸引，想要拿在手中把玩一下，啫喱糖反而只食幾塊就放着。「遮仔」除了開合就沒有甚麼用途，而且很容易爛，把玩幾分鐘後就會失去興趣，當然最重要的是，未得到而又想得到的那一刻，就能瞬間大幅提升消費意慾。

彩虹層層疊　椰絲灑上面

　　不知是甚麼人發明這種佈置，用來吸引小朋友的注意。「遮仔」其實也有實質用途，可以當成竹籤來用，多人分享就會另外取用牙籤。家母有時也會主動點啫喱糖，不過是極為罕見的事，於同樣極少數的情況下，茶樓會為部分啫喱糖沾上椰絲。家母喜歡食椰絲，會問我：「食唔食啫喱糖？」我算是聰明的小朋友，明白答案只得一個，立即連續點頭。家母揮手點來啫喱糖，會補上一句：「今次係破例，下次未必會叫。」下次就下次再算，當下先享受最為緊要。

　　家中整的啫喱糖不會用上椰絲，因為一次用不完，家母不想浪費，所以茶樓的啫喱糖才有一絲被點的空間。家中的雪櫃不夠位置擺放，無法將幾種顏色分成幾盤，所以唯有用一個深的食物盒，先整第一種味道的啫喱糖，稍微凝固後再加入第二種味道，然後第三、四種。這種做法的啫喱糖，需要比較長的冷凍時間，才能夠完全凝固，如果加入的時間掌握得好，會形成漸變色的「彩虹啫喱糖」，雖然實際上沒有七種顏色，但是內心已經「開心到七彩」了。

　　啫喱糖就是比較結實的啫喱，當然啫喱也有軟和彈的分別。英國廚師史奈傑（Nigel Slater, 1958-　）在散文〈果凍〉裏，提到自己對啫喱嚴格標準，就是用湯匙深深挖入啫喱的時候，要發出「噗」的一聲，聲音愈大愈好，他稱之為「果凍屁」。

延伸閱讀：史奈傑，〈果凍〉（收錄於《吐司：敬！美味人生》，2011年）

煎堆轆轆

千層糕　煎堆　啫喱糖　雞紮　糯米雞　煎蘿蔔糕　叉燒包

　　飲茶的時候，每次想點啫喱糖，家母都說要點其他甜點，煎堆是其中之一。以前新年一定會食煎堆，大多是買回來，其餘的是從外婆手中得來，源頭大多是朋友或親戚送給她。煎堆是少數家母不會自己整的食物，我懷疑她是懂的，只是新年要整蘿蔔糕、芋頭糕、笑口棗一大堆食物，若要加上煎堆，恐怕要忙到新年後。不是現造的煎堆，帶回家後就變成無氣的球體，壓扁後像碗一樣。煎堆是十分吸油的食物，外面油亮，裏面油潤，剪下去滲油，咬下去流油，果然適合新年食，寓意年年多「油水」。

深啡色的老油是也

家母在茶樓點煎堆，我不怪她，因為煎堆要用油炸，家裏處理麻煩。家母時常強調要用新油來炸，才不會有「油腍味」，茶樓通常炸得較好，可能用的油量大，用新油的機會高。中式糕餅舖用的通常是老油，一鑊油炸好幾樣食物，有時看到炸油已經變成深啡色，煎堆仍然在上面浮動打轉。即炸的煎堆沾滿微黃的芝麻，熱氣充足，滾圓挺拔，要麻煩姐姐幫忙剪開，再慢慢用手撕成小塊。煎堆焦香軟韌，大火炸過後將油分逼出，油膩感少了很多。我承認茶樓的煎堆確實不錯，但跟啫喱糖並不構成二揀一的關係。

新年飲茶，枱上會有「期間限定」的餐牌，款式少了，但都換成意頭菜和點心，「發財好事」、「橫財就手」必定會出現，煎堆也會成為一時大熱。「煎堆轆轆，金銀滿屋」，侍應捧着盤叫賣，講完吉利說話，煎堆遞到面前，好運誰會拒絕呢？新年換臨時餐牌，因為菜式和點心變成「新年價」，價格上漲不少。平日埋單要加一服務費，新年加二、加三都是閒事，你不幫襯，仍有一班街坊在等位，飲茶拜年行大運，新年最緊要開心。

以前其實叫煎「䭔」

粵語有句「年晚煎堆，人有我有」，用來形容做法跟隨大趨勢，但現時煎堆已經不是新年的必備食物，人無我也無，口味變遷，煎堆失勢，連帶說話都失去了語境。小時候跟着家母說煎堆，未有細想名字的意思，後來開始研究中文，想多了解食物名稱的含意。「堆」的正字是「䭔」，「䭔」是餅食的意思，「䭔」字少用，就用較常見的同音字「堆」代替，煎堆是用油煎的餅食，意思十分清楚。

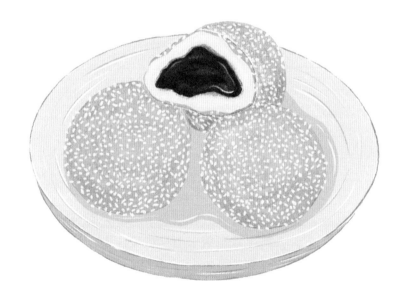

早期茶樓的煎堆比較大，像壁球一樣，糕餅舖賣的更大，類近網球，不過兩種都沒有餡。後來煎堆變成湯丸般大，裏面有各種餡料，小時候食過豆沙、蓮蓉，是傳統的配搭；長大後也食過一次奶黃餡，皮跟餡的味道不太夾。新式的芝麻流沙煎堆比較受歡迎，咬開時流出滾燙的黑芝麻餡，進食時要小心。煎堆變得精緻的同時，變得不再普遍，近年去了好幾家茶樓都不見煎堆，啫喱糖就更加少見了。甜點的款式增加了，餐牌沒有為煎堆、啫喱糖而停留，但家母與我的感情，仍定格在爭奪甜點的時刻。

◆◆◆ 蕭・博・士・講・多・句 ◆◆◆

有時想食煎堆，也不知道要到哪裏買，糕點舖未必有得賣，上茶樓要碰碰運氣，除非事前網上先做搜查，或者在舊式的點心舖會偶然看到。茶樓比較多賣糯米糍，少一重油炸的工序，也可以擺放較長時間。

蒸起千層糕

| 千層糕 | 煎堆 | 啫喱糖 | 雞紮 | 糯米雞 | 煎蘿蔔糕 | 叉燒包 |

提起千層糕，部分人會立刻想起泰式糕點，綠白相間，斑蘭清幽，椰香味甜，的確叫人難忘。再年輕一點的朋友，會以為是「千層蛋糕」，層層 pancake 夾着各種味道的忌廉，相貌精緻，是不少食客排隊堂食的打卡「名物」。我最早接觸的千層糕是在茶樓食到的，是中式的蒸製點心，雖然接觸的日子不多，大概小學五、六年級時，在茶樓已經很難見到千層糕。受新款的包點影響，以前喜歡食奶黃包的時候，千層糕漸漸退場。後來流沙包興起，奶黃包也讓出了寶座，點心界同樣有「後浪推前浪」的情況發生。

逐層撕開彩色麵皮

第一次食千層糕，是讀小學時坐在茶樓等食甜點，家母沒有點凍的啫喱糖，沒有搶着要食炸的煎堆，所以從點心車叫來了蒸點。千層糕放到枱上，驟眼以為是西式甜點，黃白層層相間，每層都很厚，大概有三、四層。從上面看，籠裏面的立方體放着一塊正立方體，中間「十字」剁成四份，構成一個「田」字。「田」字每一格的中間，都有一塊菱形的橙黃色麵皮做點綴，看上去色彩比較吸引，後來

到傳統的茶樓食千層糕，上面點綴的是欖仁，才發現欖仁要另外買入，屋邨茶樓就地取材，發揮美工創意，用調色的麵皮充當裝飾。

「田」字分割沒有切到底，只是稍為等分，不讓糕點分離傾斜，這種方法上枱時美觀，但分食時筷子怎樣夾，都會將下層夾爛，很多夾了上半層，下半層仍然黏在籠裏面。小時候我已經知道，千層糕沒落的情況。在逐層撕開來食的時候，家母説千層糕越來越少見，悄悄傳授飲食文化知識。白色的麵皮以前比較軟綿，現在有些茶樓仍有出售，但麵皮比我的皮膚還要粗糙，一夾就散，難免失望。橙黃色的是奶黃夾層，小時候的屋邨茶樓有鹹蛋黃、糖冬瓜，鹹甜爽香，層次豐富，只是略嫌鹹蛋黃太少，糖冬瓜切得太大粒，影響了整體綿密細緻的佈局。

回憶只剩下「千千缺糕」

千層糕屬於糕點類，家母習慣最後才點，出爐的時間未必吻合，未必次次都能夠成功以甜點的身份出現。有時候我要食奶黃包，與千層糕的基本材料相同，即使最後點心姐姐有叫賣，更多時候家母會選擇投入煎堆的懷抱。有時也會專門為千層糕鋪路，但只要有人大意多點了一籠點心，在太飽的情況下，千層糕也會成為被迫放棄的對象。

現代人愛食千層糕，中式千層糕製法、味道同樣考究，只是缺少了曝光的機會。現時新式點心混色轉換的做法，大可運用到千層糕上面，椰香芝麻，抹茶紅豆，隨便可以講出幾款口味，只要用心造得美味「企理」，其實舊的食物未必一定要消失。樓下的商場茶樓易手好幾次，千層糕已經沒有再出現，昔日的飲食情境只能夠於回憶之中，層層揭開。

蕭·博·士·講·多·句

我對千層糕的印象最為模糊，因為小時候少食，未有食出深刻的飲食記憶，後來也沒有刻意追尋，差不多將千層糕完全忘記。直到近年在舊式茶樓看到，又因工事未能細意品嚐，在寫完本書之後，我要在千層糕還未消失之前，食出一重深刻的記憶。

第六章

流動商販

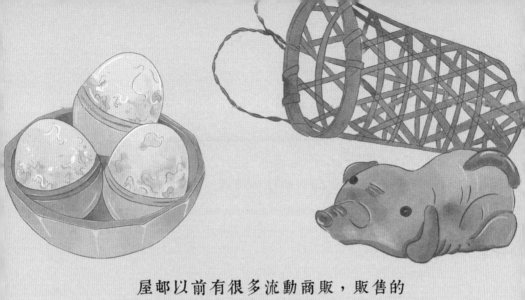

　　屋邨以前有很多流動商販，販售的
東西確實多樣；不少小販從家鄉來到香
港，將手藝帶過來，例如自製茶粿等。

　　現製的食物，也有很多種類，以前較
常見的是雞蛋仔檔，主要在週末出沒，賣
現烤的雞蛋仔和夾餅。現烤的當然還有串
燒檔，雞、牛、豬、內臟或香腸，點好稍
等，辣或不辣，加沙嗲醬，配合得宜。

流動商販

　　屋邨以前有很多流動商販，販售的東西確實不少，家母晨早飲茶之前，間中會到海邊的「天光墟」閒逛，看看有甚麼「揀手好貨」；天光墟實際上不是一個固定墟市，出現的地點可以是長堤旁邊，可以是天橋下面，也可以是公園中間。天光墟由居民自發擺賣，通常由零星攤檔開始，再慢慢累積成流動的小群體，不同社區或許都有天光墟，只看有沒有緣遇上，或自己有沒有那麼早起床，因為商販經營到天亮，就會陸續散去，不阻礙行人出入。

　　天光墟出售的東西，種類多樣，近海地方會有漁民擺賣海鮮，盤盤碟碟，裝魚盛蝦，街坊行過望過，自然能揀選心頭好。即使不賣海鮮，漁民也會拿出一包包的蝦米、蝦乾，簡單放在大膠袋裏面，要的話可隨手付款取走。記得有次家母購入蝦米，於是連吃了好幾日蝦米蒸水蛋、蝦米節瓜煮粉絲、蝦米煎薄罉，當然更多是留待農曆新年用來製作蘿蔔糕和芋頭糕。

　　不少流動商販都有自己的專業，例如：維修電器、鑑別收藏；與飲食相關的，可數捕魚、種植、食材加工、食物製作等等。根據個人經歷，飲食類流動商販最常出現，原因簡單，大家日常接觸飲食，自然有更多機會學習，多番操作，鍛煉技巧，當需要用上的時候，最先想到的，必然是熟悉的手藝。直至現在，仍有小販出售自家種植的菜蔬、生果，唐生菜、紅蘿蔔、木瓜、大蕉，就攤在膠地蓆上，隨行人挑選。

滋味且待有緣人

　　預製好的食物，不時會出現在攤上，例如自製茶粿，不少小販從家鄉來到香港，將手藝帶過來。茶粿皮薄，包裹白蘿蔔絲、菜脯、眉豆蓉、綠豆蓉、紅豆沙等餡，調味出色，比很多商店出品要好很多，不過姨姨不入商舖，神出鬼沒，只能説「滋味且待有緣人」。清明時節，小販出售「清明仔」，其實就是茶粿，雞屎藤磨汁，加粉搓丸，托葉蒸製。新年臨近，小販會推出自製的蘿蔔糕、芋頭糕，外搭一些來貨的年糕或油具，希望過新年前，能賺些小錢。端午節當然不能缺少粽，鹹肉粽、花生粽、梘水粽，一綑綑焓熟，還未剪水草，客人要多少，就直接剪多少。

現製的食物，也有很多種類，以前較常見的是雞蛋仔檔，在車站、碼頭處常見，主要在週末出沒，賣現烤的雞蛋仔和夾餅。雞蛋仔烤好幾底，放在鐵架攤涼待售，另一邊用鐵板烘夾餅，或是用鐵模來烤。夾餅烘好，掃牛油，塗花生醬，加煉奶，灑砂糖，餅一夾入袋，醬料滿溢，濕香濃厚。現烤的當然還有串燒檔，早期還有小販用炭，現在無論小販或食肆，已極少用木炭燒烤，只能説當時的屋邨流動燒烤，結合「天時地利人和」。雞、牛、豬、內臟或香腸，點好稍等，辣或不辣，加沙嗲醬，配合得宜。有時夾雜秋冬冷風，炭火暖，串燒香，站在街頭張開嘴巴一扯一啖，是現在難再尋的風味。

街頭啖吃魚蛋、牛丸，沒季節的分別，一年四季，想吃的剎那就是最好時刻。以前賣魚蛋的木頭車很常見，一堆魚蛋，裝在兩個框裏，邊煮邊浮沉，辣與不辣，任君選擇。食客點好，小販一手夾魚蛋，取竹籤逐一串起。穿魚蛋講經驗，能夠明顯分辨出新手、老手，新手雞手鴨腳，老手眼明手快，自己在旁邊看着，也覺得樂趣無窮。最開始辣魚蛋是用咖哩細煮，滿滿香料的味道，後來小販懶得調咖哩汁，魚蛋只是簡單用水煮，辣味就靠自家調製的醬汁。有時魚蛋的質素連帶味道同樣一般，靠的就是惹味醬汁，不少街坊就是追着醬汁而來，説不吃不舒服，聽下去有點誇張，但其實只是饕客對飲食的簡單追求。

魚蛋以外，還想要點其他食材嗎？小販同樣能幫手。木頭車另一端的盛水膠盤，載着串串水魷、生腸、牛柏葉、香腸、牛丸、墨魚丸，供食客隨意點選。小販取料即煮，

煮好蘸醬，放在不鏽鋼碟上，待食客添加辣椒油、芥末、甜醬、豉油，自行取走，一旁享用。等買等取的時間雖短，也不代表沒有新鮮事，小販找錯錢、食客取錯料，不時發生。記得有次，自己點的牛丸仍在滾煮，一旁小販急步走來，大叫一聲「走鬼！」小販急忙推車，回頭往馬路方向走去，大多小販邊跑邊望，露出嚴肅、緊張的神色。自己初時不了解，後來才明白，張望是為看清撤走路線，希望能安全逃脫。小販的觀察，同時用以確定追捕者的距離，如果太近，開步已無必要，免生枝節意外。牛丸仍在翻滾，零星食客隨小販一同「走鬼」，有的因為錢已付、貨未取，總不能吃虧；有的純粹「為食」，覺得反正已經到米，怎樣也得吃上，以個人力量加持飲食姻緣。

左行右逛，樂在其中

　　寒冷天氣，屋邨往來，最適合吃炒栗子和煨番薯，因為檔口火熱，冬天貼近，漸覺暖和。遠聽炒栗子聲音，近聞煨番薯氣味，循味來尋，看炒栗子，取煨番薯，滿是生活的日常樂趣。食物放紙袋，手執暖身心，外出工作，疲憊回家，也有滋味貼身陪伴。記憶中的小販，還有夾壽司的、炸油炸鬼的、剪牛雜的、蒸糯米飯的。飲食串連記憶，彷彿還記得他們的模樣，當然自己拿着幾十元紙幣，左行右逛，模擬飲食的配搭，計劃組合的價錢。朋友走近攤檔排隊，自己還在屋邨多樣的飲食攤販中迷失，迷失是因為選擇豐富，迷失是因為我們樂於置身其中。

雪糕車交織古典樂

　　小時候對雪糕有種痴迷，夏天三刻五時，總嚷着要吃雪糕；超級市場、茶餐廳、速食店、西餐廳、便利店，總會有雪糕的身影，可不可以吃得到，就要看運氣了。難道不走入餐廳、商店就不會被吸引消費嗎？當然不是，街頭還有流動的雪糕商販，有的商販推着車，架起太陽傘，在公園、車站停留，賣雪糕、汽水和零食，當中更常見的，就是藍白紅色的雪糕車。這雪糕車在香港已有五十多年歷史，是名副其實的流動美食車，不限時間和地點，只要能停泊、不阻街，大多沒有問題。

停泊不同角落的雪糕車

　　因着流動性，雪糕車可以遊走屋邨的不同角落，有時候週末停在球場或公園旁邊，一家大小休憩玩樂過後，吃些雪糕、冰品總不算過份。反正週末就應該多一份輕鬆，大人和小孩坐在長凳，大人忙着替小孩擦汗，小孩忙着吃手上的雪糕，你一口我一口，構成屋邨週末的美麗風景。樸實的溫馨和快樂，着實不需要花費太多。

　　踢足球的小孩，當然不會錯過雪糕，大家三三兩兩，集結商量，不時累積成短短的人龍。小孩從年幼時，需要舉手接過雪糕，逐漸長高成青年，終於能夠完全望清車內的狀況，球場與雪糕車之間，標誌屋邨孩童的茁壯成長。歲月在運動與飲食之間累積，變成日後朋友、同學之間珍視的回憶。

　　雪糕車在上學日如何停泊，同樣經過精心策劃，有時會停在小學門口的不遠處，維持一種可以遠望的距離，即使學生排隊購買，也不會影響學校的秩序。當學生自行放學，一出校門就會看到雪糕車，不少學生的腳步，自然會被吸引過去。雪糕當時售價三數元，部分學生仍然可以應付得來。口袋沒錢的學生也有自己的辦法，部分學生由家長接送，大手拖小手，軟甜慾望驅使兩手的拉扯，大多數

由小手勝出。學生懷着滿足的神情吃雪糕，期間最常伴隨家長的幾句叮嚀：「返去好做功課啦」、「今晚要開始溫默書」、「食咗雪糕，一陣就無得出去玩」。學生有沒有聽入耳，當然不能肯定。小朋友隨心點頭，似乎是慣常的應對方法，至少雪糕當前，融掉可惜，當然是「食咗先講」。

街知巷聞的音樂

　　雪糕車商販有自備的招數，就是大聲播放音樂：「凳、鄧、鄧、燈、登……燈、登、凳、凳……」小時候聽到這段音樂，就知道雪糕車在附近，只不過要靠聽聲來辨別方位，再依屋邨的街巷前進，直至尋得終點為止，覓食的雷達可以說是從小就訓練出來（當然，到長大後才知道這古典樂曲舉世聞名）。

　　有時夜闌人靜，雪糕車會停在屋邨中間，再播放音樂，即使我住在頂層，在窗前遠望時，依然可以清晰聽見。如果家母允許，可以穿上白鞋，取些零錢，連跑帶跳，坐較落樓，買幼長軟綿的軟雪糕。有時家母想吃蓮花杯，自購連帶外送，回家還可以再多分享一點雪糕，甜蜜的夜就這樣隨雪糕車的音樂而開始。

氣味濃郁臭豆腐

糖水　麥芽糖餅　豬籠餅　蛋花大菜糕　缽仔糕　臭豆腐　雪糕車

　　依稀記得第一次吃臭豆腐，是小學的時候，跟着家母在樓下嚐到。臭豆腐裝在咖啡色的雞皮紙袋，部分紙袋被油份浸透，渲染出不規則的塊狀深啡色。家母用長竹籤一插一挑，臭豆腐就從袋口升起，是一塊表面凹凸不平的正方體，聞下去確實有點臭，還夾雜些脆炸的油香。家母問我要不要嘗試，當然立即點頭，她吃一口先測試熱度，確認後才遞給我咬下去，外層脆皮包裹發酵豆腐，是吃過不會忘記的濃郁味道。

　　煎炸加上味濃的食物，小時候不多吃，連帶臭豆腐的相關記憶也不多。後來升至中學，外出遊玩、覓食的時間增加，自己時常在屯門區的屋邨遊走；假日由朝玩到晚，最常是一班同學踢足球、打籃球，可以消磨幾個小時。午餐或下午茶時段，朋友不一定吃飯麵，更多時候是選擇小食。

遠聞臭，吃下香

　　記得有次在球場附近，聞到臭豆腐的氣味，本以為是太肚餓的心理作用，後來發現是一位婆婆在擺攤。攤檔由兩部分組成，一面是火爐加油鍋，一面是放豆腐的大鐵罐，旁邊放着一根長扁擔，穿起兩個部分就變成可移動的擔挑。臭豆腐「遠聞臭，吃下香」，這是家母提過的説法，每次吃臭豆腐都總會想起。實際情況也大多如此，走近攤檔就不臭，吃下去香不香，就要看豆腐發酵得好不好，以及油炸的手藝了。婆婆的攤檔不常設，臭豆腐現炸，外酥內軟，加點豆瓣醬，焦香惹味。

　　用擔挑開檔賣臭豆腐，確實危險，不知道婆婆怎樣操作擔挑回家，自己當時看着也擔心。同時不得不佩服，堅

持以手藝和自身能力來維生的人。會賣臭豆腐的人，在屋邨確實不少，在晚上的車站或輕鐵站附近，有商販會推着木頭車賣臭豆腐；將炸好的臭豆腐架在鐵網上，再邊炸邊賣。有時巴士、輕鐵到站，一班夜歸人經過，臭豆腐一下賣光，顧客得在旁邊等候，碰巧旁邊有其他攤檔，還可以買些魚蛋、燒賣、缽仔糕，邊吃邊等，是屋邨裏面「可遇不可求」的美食時光。

想吃臭豆腐，要找流動攤檔不容易，除了要熟知攤檔的位置，也要看準時間，大多要到晚上十時，攤檔才會逐漸出沒。以前有些流動攤檔有常設位置，要吃臭豆腐或其他小吃，按時到達，能覓食嚐味的機會很高。後來屋邨的流動攤檔相繼減少，要選要吃，得花點精神和時間找找，最後還可能找着個寂寞。

氣味散發，有人歡喜有人愁

因應街坊對街頭小吃的需求，一些屋邨的小食店愈開愈夜，甚至聚集成美食街，冷熱鹹甜，款式多樣；不過，臭豆腐不一定會出現，因為油炸臭豆腐的氣味太濃。對商販和愛好者來說，是好事，賣方與買方單靠氣味就能夠遠近連繫，促成美事。但對於邨民和厭惡者來說，是壞事，氣味每天長時間散發，縈繞窗外，無法晾曬衣服；甚至窗也不能打開，以防氣味攻進屋內。即使是來往途經，不喜歡臭豆腐的人，還是會覺得受罪。所以臭豆腐店不時遭到投訴，被勸喻炸臭豆腐時不能太臭；被投訴太多，店家唯有關門離場。最後變成想吃臭豆腐，就要在閒逛旺角的時候，到某家轉角的店舖，吃吃聞聞，才能「過癮」。

缽仔糕有豆定無豆

糖水　麥芽糖餅　豬籠餅　蛋花大菜糕　**缽仔糕**　臭豆腐　雪糕車

　　小時候最常吃的糕點，要數到缽仔糕，其次就是白糖糕，主要因為賣缽仔糕的地方很多，街市、糕點舖、齋舖、熟食店、豆腐舖，隨時都有缽仔糕出售。家母看到常會買一兩個回來，做早餐或茶點，是方便、味美的選擇。缽仔糕曾經流行一時，每位同學大概都吃過，而且都能講出自己的喜好。現在的年輕學生，不少也吃過缽仔糕，不過糕點、小吃的選擇增加許多，缽仔糕受歡迎的程度已經不及當年了。

等閒入手十個八個

　　以前缽仔糕的銷情好，加上製作不算困難，容易兜售，不乏有零星的街坊，自製缽仔糕擺攤出售。因為這類糕點攤，擺賣十分容易，所以不時會在意想不到的地方出現。記得以前商場的管理不嚴，有小販就坐在街市與商場的出入口旁邊擺攤，反正沒有人會阻止。買餸的大人經過，不時會買上三四個，因為家中隨時有幾個小孩，至少每人要吃足一個，才不會打架爭吵。有時還幫鄰居多買幾個，缽

仔糕一次買入十個八個，也常有發生。好幾次隨家母排隊
買缽仔糕，當快要輪到我們的時候，前面的街坊宣佈大手
購入，貨量歸零，媽媽只好拖我去其他店舖再看看。

　　現時的屋邨街頭，仍有人販售缽仔糕，較多見於車站
附近，小攤用上紙皮箱、發泡膠箱或膠箱，放着包好的缽
仔糕、糯米糍、花生糖、米通等糕點，等候途經的街坊挑選。
以前也有同樣的售賣方法，優點是出售方便，隨買隨拿，
乾淨俐落。記得小時候，有次經過天橋底，看到一位姨姨
在賣缽仔糕，紙箱裏放滿正反疊好的碗。好奇上前想買一
件，姨姨説：「細佬，要有豆定無豆嘅？」隨口就回答了「有
豆」，姨姨一手取碗，一手拿竹籤，沿碗的內側一轉一穿，
缽仔糕已經串好，再放入膠袋遞給我。從碗裏扣出缽仔糕，
不單買賣費時，搬運時要連碗帶糕，重量增加很多；但對

顧客來説，扣糕動作帶表演成份，購買時能有視覺體驗，能為飲食的過程加分，同時展示糕點全屬個人製作，鮮製現賣，並不是工場批發的貨色。

有豆無豆，各有所好

　　提到缽仔糕，各人都有不同喜好，最普遍的是咖啡色缽仔糕，用黃糖製成，加入紅豆作配搭。另有去紅豆的純糕版本，適合不愛吃豆的朋友。因家母説吃豆健康，所以小時候都吃有豆的缽仔糕。缽仔糕還有白色的，純用砂糖製成，甜味跟咖啡色的不同，當然也有無豆的版本，又因家母説黃糖沒精煉過，較為天然，所以自小就很少吃白色的缽仔糕。有豆無豆，本是個人喜好，中學時跟同學到屋邨球場玩樂，途中看到小販擺檔，同行的各買自己所好，啡色還是白色？在多豆、少豆、無豆中選擇，吃着就開始為自己所好的缽仔糕抱不平，怎會有人吃無豆的？吃豆才奇怪吧，糕才是重點。懂吃就吃啡色。白色才是純甜味，好嗎？飲食習慣不同，差異早就形成，飲食隨緣，口味隨意，長大才慢慢悟出「遇上是緣份，對味是福份」的道理。

蛋花大菜糕

糖水　麥芽糖餅　豬籠餅　蛋花大菜糕　缽仔糕　臭豆腐　雪糕車

自家製的少甜大菜糕

最先吃到大菜糕，當然又在家裏，家母從雪櫃取出一盒透明的束西，看上去像啫喱，但沒有顏色，用刀橫豎剁幾下，翻起就成粒粒晶瑩的方塊。咬下去爽，比較易碎，不像啫喱般柔彈，相對味道比較清爽，後來才知道大菜糕本來沒味道，甜味自由調節，家母調出的是「少甜」版本。

想吃大菜糕也得出點力氣，有時天氣太熱，嚷着家母要吃大菜糕，家母即使心軟，總得有材料煮製，最主要的就是大菜絲。家母說，想要吃就要幫手買大菜絲，自己當然二話不說，跑到超市，手執一包，付錢回家。買的時候懷疑了一下，一條條像長膠紙捲起的奇怪東西，真的可以煮成美味的大菜糕嗎？最後確認包裝上印着「大菜絲」三個字，才直接取走。

煮食不是魔法，不過將食材轉變成食物，過程卻可以相當神奇。大菜絲浸軟瀝乾再煮，攤涼雪凍，果真就是大

菜糕，小時候覺得神奇，現在反而懂得欣賞食材的變化。大菜糕有混雜蛋花的版本，家母弄的大菜糕，從來沒有蛋花，少了打蛋調花的步驟，相對簡單。對我來說，有沒有蛋花不是問題，有沒有得吃才是重點。沒蛋花搭配不要緊，加一點吃啫喱用剩的淡奶，亂灑亂配，吃下去多添幾分創作的樂趣。家母當然也是創作先驅，間中會用椰汁製大菜糕，吃下去多一分清潤的感覺。

眼前一亮的七彩膠玩具蛋

　　屋邨的流動商販也會賣大菜糕，第一次見到還是小學時，地點就在夏天炎熱的足球場。其他孩童在「鬥波」，我和幾位朋友在旁邊看台「跟隊」，坐着坐着，就聽到有人喊「大菜蛋，大菜蛋……」，一位姨姨拉着買餸車，上面架着一個大煲，煲蓋沒打開，上面放了一條毛巾。三兩朋友率先跑過去，自己迅速跟在後面，看到每人都點一個，

我站着靜看是甚麼。眼看姨姨打開煲蓋，凍水裏面浮起幾塊大冰，浸着一堆七彩膠玩具蛋，有些已經打開的膠蛋殼，隱約藏在水底。

　　誰先點、誰後點，姨姨心中有數，先凍水濕濕手，取蛋，用毛巾抹抹蛋身，一敲一扭，慢慢取開上面的蓋，大菜蛋就由下面的蛋殼承托。姨姨接過錢，將大菜蛋遞給朋友，又再開另一隻。看到是蛋形的大蛋糕，混雜極少蛋花，自己看過後興趣不大，主要是在家常吃，味道一定不比家母做的好，了解過就可以。朋友先後吃完，立即歸還蛋殼，姨姨接過拋進水裏，再往水底塞去。這種冷凍大菜蛋，大概小學時見過兩三次，都是仕屋邨的球場旁邊。升讀中學後，已經再沒見過大菜蛋，現在想起來，真是一段短暫又有趣的回憶。

　　大菜蛋沒有再出現，流動攤販兜售的，變成透明膠盒的大菜糕，手掌一樣大，一盒盒裝好，放在膠箱裏面。這類沒有雪藏的大菜糕，較多在秋天看到，因為天氣較涼快，大菜糕不會出水融化。現在吃大菜糕的人已經越來越少，賣的人也不多，更不用說流動攤販擺賣了，想要吃，還得特意到糕點舖或甜品店碰運氣；因為各式糕點和甜品實在太多，大菜糕早就淹沒在飲食的洪流當中。

豬籠餅中秋限定

糖水 ｜ 麥芽糖餅 ｜ **豬籠餅** ｜ 蛋花大菜糕 ｜ 缽仔糕 ｜ 臭豆腐 ｜ 雪糕車

　　中秋節吃月餅是常事，無論是依循習俗，還是追求滋味，月餅都有重要的意義。小時候自己更期待吃豬籠餅，主要因為喜歡吃香甜的月餅皮，而豬籠餅的材料正是跟月餅皮一樣，咬下去是純粹的餅，雖然沒有餡料，仍可以一次過滿足中秋節的口腹慾望。第一次看到豬籠餅是在外婆的村屋，親戚一眾慶祝中秋節，桌上鋪滿應節食品，月餅、楊桃、菱角，加上各式水果和肉食。月餅旁邊放着膠製小籠，入面裝起咖啡色的豬形餅食，自此就認識豬籠餅這中秋產物。

中秋限定產物

　　後來每逢中秋，自己都特別留意豬籠餅，有時出入屋邨，會看到小販擺攤賣豬籠餅和月餅。有時候兩款食物都沒有包裝，只是放在盤上售賣，明顯是在鄉下買貨回來出售，所以價錢要比品牌商家便宜不少。街頭販售的豬籠餅不一定配豬籠，因為豬籠比較佔地方，當然也要外加成本。以前的豬籠用竹篾織成，都是手工細活，看上去十分雅緻，

屋邨尋味記

198
⋮
199

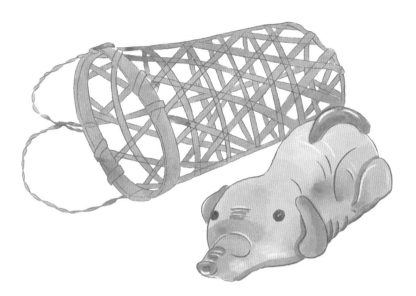

有濃厚的中華文化韻味。人工手製豬籠成本不少，後來絕大部分商家，改用機製的竹篾豬籠或塑膠豬籠，看上去一式一樣。逐漸塑膠豬籠充斥市面，染上紅紅綠綠，貼些花，黏些蝶，製作成本低，存放方便，不過看上去明顯就是現代的產物。

中秋時節，到公園或沙灘賞月，是屋邨小孩期待的年度活動。大人準備好一袋袋食物和物資，自己拿着較輕的豬籠餅，大搖大擺地出發。幼時自己還在玩紙燈籠，不方便隨行隨玩，因有燒着的危險，豬籠就成為手執的輕便應節物品。其實豬籠沒甚麼好玩，只是佳節當前，大家有份出力參與，更能投入中秋的熱鬧氣氛；後來電子燈籠迅速興起，自己往後中秋手執的，已經是不同卡通人物的燈籠了。

風頭漸被月餅蓋過

　　小學時，同學大多吃過月餅，課本上也有中秋月餅和水果的介紹，但似乎豬籠餅不是人人都認識，更不要說曾經吃過。同學說家中只買月餅，加上別人贈送的，已經吃不完，所以不會再買其他餅食。聽起上來，言之成理，家人不買，小孩當然較少機會接觸。

　　回想起來，以前親戚時常回鄉，探親、遊玩也好，不時帶些家鄉食物回來分享，茶粿、花生糖、粽、臘腸和臘鴨……等。自己逐漸隨飲食學會認識不同時節，當中固然有月餅和豬籠餅，還有碌柚和芋仔，都是應節常備的傳統食物。

　　現時的大眾因應潮流，要吃冰皮月餅、奶黃月餅、雪糕月餅，還有朱古力月餅和榴槤月餅，加上傳統蓮蓉、豆蓉等各式月餅，單是月餅確實已經吃不消，比較單一的豬籠餅就更少機會出場；加上豬籠餅的利潤不及月餅多，普及程度也較弱，所以豬籠餅時常瑟縮店舖一角。比較好的情況是，商家將豬籠串起掛出來，算是比較具吸引力，不過裝飾還裝飾，看過豬籠會買豬籠餅的人有多少，就不得而知了。

麥芽糖餅自製方便

　　小時候，能在家製作的小吃真不少，麥芽糖餅就是其中一種。麥芽糖可以長時間存放，家裏總會有一罌備用，是罌身白色、罌蓋紅色的那種，罌蓋有時是綠色或橙色，可能跟品牌不同有關。以前買麥芽糖，要不到超級市場，要不就是雜貨店。自己通常到超級市場，因為貨物種類更新更多，可以順道看看薯片和雪糕、了解朱古力有甚麼新款式……。買麥芽糖有時會同時購入餅乾，大多是原味或芝麻梳打餅，看似簡單，但品牌不同，味道確實有差別。至於餅乾的燶脆程度，要等待拆開包裝才能知道。

隨喜加減麥芽糖

　　麥芽糖餅要現製才好吃，以前時常在家中自製。過程十分簡單，先以筷子挑起大块麥芽糖，再不斷拉卷，將麥芽糖的尾巴轉收回去；然後把麥芽糖黏在梳打餅上，再取另一塊餅夾上去，最後將筷子慢慢轉拉出來，麥芽糖餅就可以直接拿着吃。通常在家製作，自己一次會做好幾塊，

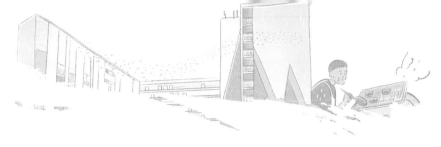

因為吃的速度太快，無法邊吃邊做，唯有做好一批，再細意享用。自製的好處，是麥芽糖的多少，可依喜好加減，家母喜歡薄薄一層，自己多一點也不成問題，就看每次挑麥芽糖的手勢。

　　路邊小販也有擺賣麥芽糖餅，但麥芽糖比家母要求的還要薄很多，餅乾有時候也不怎麼好食，反正就是不合自己的口味。流動小販的麥芽糖餅，早就做好，套入透明膠袋，餅乾夾着挑麥芽糖的長竹籤，另一頭竹籤直接插在發泡膠箱蓋上面，十塊八塊插滿兩排，其他麥芽糖餅就放在下面的發泡膠箱。有時賣糕點的小販，在缽仔糕、糯米糍旁邊，同樣插着麥芽糖餅出售。賣糖蔥餅的小販，除了兼售啄啄糖，偶然也會將麥芽糖餅插在鐵箱上面，用來吸引顧客，同時方便拿取。

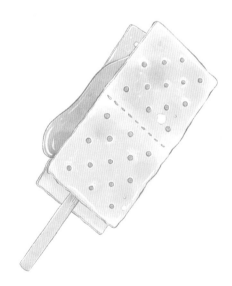

鬆脆與堅硬

家母從不在外買麥芽糖餅，也不批准我買，因為小吃可以自製，成本要低不少；加上麥芽糖少，餅乾有時沒有密封好，咬下去已不鬆脆，失去脆軟配搭的特色，倒不如不吃。不過在家以外，我確實有吃過麥芽糖餅，那是在學校活動的攤位，玩些遊戲就可以得到。或是聖誕聯歡的時候，有家長自製麥芽糖餅，讓同學帶回校作為小吃，也算是吃到別人家的製作。有次到台灣旅遊，看到小販賣麥芽糖餅，現買現製，先在大盒挑起麥芽糖，再用兩塊圓餅夾着，供客人即時食用。另有一些小塊的麥芽糖，十多塊放入透明膠袋綁好，方便一袋袋買回家。

在家自製麥芽糖餅，雖然操作簡單，但也曾經出現意外。冬天寒冷，麥芽糖變硬，有次強行用筷子往罌裏硬挑，最後筷子斷成兩截，一截握在我手，一截斜插在麥芽糖裏面。力量加用具都解決不了，家母果斷煲水，待水微溫，關火，再將整罌麥芽糖放進暖水中坐熱，變軟後的麥芽糖自然容易處理很多。飲食不乏身教的例子，平常如製作一塊麥芽糖餅，亦能有所啟發，學會尋找解決問題的方法。

糖水日新月異

糖水一年四季都會出現，紅豆沙、芝麻糊、腐竹白果、楊枝甘露，凍熱稀稠，總有一款合心意。糖水來説，各個款式自己都能接受，唯一怕商販調製不好，毀了糖水，壞了心情。以前屋邨的糖水店不少，最初是賣傳統糖水，後來逐漸出售新款甜品，賣些小吃和窩夫，加入日式抹茶、台式芋圓，無論甚麼品種街坊一樣吃得開心。

口痕覓食，最佳選擇

以前的街坊常愛落街閒逛，一家飯後散步，年輕人促膝夜談，小孩打波玩樂。消化食物後騰出胃口空間，何不吃碗糖水？朋友暢聚口乾，吃糖水潤喉再續也不錯。同學「口痕」覓食，間中會買糖水分享。糖水舖空間一般不大，常常背靠背坐，大家都習慣邊吃邊談，不時人滿爆場，門外排着長長人龍。

以前不少熟朋友住在同區，夜遊不會去太遠，所以糖水還是要吃，選擇排隊的繼續等，不想排隊的得光顧流動

糖水檔。以前屋邨的糖水檔,算是容易找得到,自己或朋友總能憑記憶導航,不辜負美食,同時不辜負自己。小時候的糖水檔,糖水大概只有幾款,通常是西米露、紅豆沙、綠豆沙、腐竹白果、番薯糖水,有時會外加芝麻糊,款式不會太多。食客點好,小販現裝,處理方法略有不同。客人即食的話,隨手放入膠匙羹,方便食客到一旁享用,有些街坊快吃一輪,就急步趕回家。客人取走的話,小販加蓋、按實、入袋、放羹,步驟行雲流水,比你預期的更快。

後來糖水款式有所改變，傳統款式減少，主要因為花時間烹煮，小販覺得時間成本太高。後來換成「芒果撈」的形式，譬如要點西米露，放一勺煮好的西米在發泡膠碗，再倒入稀糖水，再直接加入罐裝淡奶，所有糖水的汁底都是這樣處理，想改涼粉嗎？直接換走西米就可以。上面的配料隨意選，可加椰果、丸子、罐頭雜果，價錢相對便宜。如果添加芒果、西瓜等新鮮生果，價錢就要增加不少。再後來受台式手搖飲品影響，還有七彩的爆珠、蒟蒻可以選擇，反正就是料多加，錢同樣多加。

姨姨上樓叫賣糖水

想吃糖水就得到樓下買，着實不是絕對，除了在家自煮以外，以前確實有糖水到家的服務；但不要誤會，並不像現在用手機點外賣，也不是打電話叫外送，而是小販拖着糖水車途經家門口。小販姨姨拖着買餸車，上面架住大湯煲，裏面裝着臭草綠豆沙。姨姨拖車逐層落樓，沿走廊叫賣：「綠豆沙，綠豆沙……」有興趣的話，只需要開門揚聲就可以。有時才聽到姨姨叫賣聲，她已經從巷尾走到巷頭，還需大聲叫喊，姨姨才會調頭走回來。糖水只有一味，可以裝在發泡膠碗，也可以放在自備的碗裏面，姨姨都十分歡迎，當然份量全都一樣。如果連買幾碗的話，可以用大湯碗盛載，姨姨有時會主動多給一點份量，算是昔日買賣時的人情世故。現在屋邨的監管嚴密得多，不像以前可以隨便出入，這種上樓叫賣糖水的方式，已經很長時間沒再見過，是一代人特有的屋邨飲食記憶。

著者
蕭欣浩

責任編輯
梁卓倫　嚴瓊音

插圖
林嘉妍

裝幀設計
羅美齡

排版
辛紅梅　陳章力

出版者
萬里機構出版有限公司
香港北角英皇道 499 號北角工業大廈 20 樓
電話：2564 7511　傳真：2565 5539
電郵：info@wanlibk.com
網址：http://www.wanlibk.com
　　　http://www.facebook.com/wanlibk

發行者
香港聯合書刊物流有限公司
香港荃灣德士古道 220-248 號荃灣工業中心 16 樓
電話：2150 2100　傳真：2407 3062
電郵：info@suplogistics.com.hk
網址：http://suplogistics.com.hk

承印者
美雅印刷製本有限公司
香港觀塘榮業街 6 號海濱工業大廈 4 樓 A 室

規格
32 開（220mm x 150mm）

出版日期
二〇二一年五月第一次印刷（初版）
二〇二四年七月第一次印刷（增訂版）

ISBN 978-962-14-7565-7